I0549526

42,2
Muerte en Central Park

Javier Sánchez-Beaskoetxea

Javier Sánchez-Beaskoetxea

Copyright © 2017 Javier Sánchez-Beaskoetxea

All rights reserved.

ISBN: 8460872696
ISBN-13: 978-8460872696

Nueva York, la jungla de hormigón donde se fabrican los sueños. No hay nada que puedas hacer. Ahora estás en Nueva York.

Jay Z & Alicia Keys

ÍNDICE

42,2. UN DISPARO EN EL PARQUE

La velocidad de la luz es casi un millón de veces superior a la del sonido, por lo que, de no haber muerto al instante, no te habrías dado cuenta de lo que era el resplandor que viste a lo lejos en el parque esa noche, hasta que hubiera llegado a tus oídos el inconfundible sonido de un disparo.

Con la cabeza agujereada y llena de sangre, tu cuerpo envejecido prematuramente por una vida intensa fue enfriándose poco después de morir bajo las gotas de la lluvia heladora del otoño, ya casi invierno, hasta que con las primeras luces del día un corredor lo descubrió en un rincón de Central Park, a la altura de la Calle W67, una zona en la que no solían aparecer cadáveres tiroteados.

Un breve titular en el periódico local y un caso más para la Policía de Nueva York que tenía que lidiar con varios asesinatos cada mes, por lo que, salvo que el cadáver fuera de alguien importante, no era raro que quedara algún crimen sin resolver en la ciudad.

Pero tú, M.B., sí que eras alguien importante. Eras el alcalde de Nueva York y toda la policía se volcó en aclarar lo sucedido y detener a cuanto sospechoso se pusiera por delante.

No tenían muchas pistas. Además de alcalde, eras un poderoso hombre de negocios, por lo que seguramente tendrías muchos enemigos. Es imposible llegar a esas cotas de poder sin ir dejando enemistades por el camino. Es

1

imposible contentar a todo el mundo, y más en el mundo de la política y del dinero.

Pero, aunque no tuvieran muchas pistas, no tardaron en encontrar la que yo quería que encontraran.

Fue al hacerte la autopsia. Era fácil de ver. En la bala que te metí en tu cabeza grabé esta cifra: 42,2. Por supuesto los polis americanos tardaron un poco en relacionar este número con el lugar del crimen. Normal. Es lo que tiene que en EE.UU. y en otros países anglosajones se siga usando el sistema de medición en millas y no en kilómetros. Si les llego a dejar la cifra 26,2 estoy seguro de que lo hubiesen adivinado a la primera. Pero con el 42,2 no es que quisiera que tardaran más en descifrar la pista, sino que mi intención era que la pista fuera doble, ya que así sabrían que el autor del disparo no era de un país anglosajón.

No tardaron en deducir que el asesinato del alcalde tenía que estar relacionado con la carrera más importante que se corre en Nueva York. El lugar donde caíste muerto de un certero disparo es exactamente el lugar donde decenas de miles de personas levantan los brazos y gritan de alegría cada primer domingo de noviembre al cruzar la meta del maratón más famoso del mundo, el Maratón de Nueva York, tras completar su recorrido de 26,2 millas, o lo que es lo mismo, sus 42,2 kilómetros.

Yo iba a ser uno de ellos el domingo 4 de noviembre de 2012. Pero nos cancelaste la carrera el viernes por la tarde tras estar toda la semana prometiéndonos a todos los participantes que ya habíamos viajado a Nueva York que, pese a los severos daños que el huracán Sandy había producido en la ciudad, el maratón se iba a celebrar. Y lo peor es que nos quedó la sensación de que solo fue por no tener líos políticos con la oposición municipal a pocos días de que se celebrarán las votaciones para reelegir a Barack Obama como presidente de los EE.UU.

Bien, M.B., muy bien. Seguramente tenías tus buenas razones para hacer lo que hiciste, pero me diste otra buena razón para que yo hiciera lo que hice pocos días más tarde.

Por suerte para mí, un año después he podido regresar a Nueva York y completar esta carrera con la que he soñado tantas veces en mi vida. Al cruzar la meta en esta zona de Central Park no he podido evitar pensar en tu cuerpo muerto allí durante toda aquella larga noche. Y sabes, alcalde M.B., creo que mi sentimiento de hoy no ha sido el mismo que tuve entonces. Entonces pensé que ya estábamos en paz. Tú me habías robado mi ilusión y yo te había quitado la vida, porque la vida y la ilusión siempre van de la mano, porque vivir sin ilusión no es vivir.

Sí, yo te quité algo equiparable a lo que tú me quitaste, y con esas cifras grabadas en la bala que te mató le di a la Policía de Nueva York la ilusión de pensar que me podían atrapar. Dejé mi firma y además he regresado al lugar del crimen. Tal vez podrían haberme encontrado con algo más de esfuerzo por su parte, pero aquí estoy, radiante de felicidad, con mi medalla al cuello y con la capa de plástico que me ha dado una simpática voluntaria al cruzar la meta. Por cierto, creo que me ha puesto la medalla exactamente en el mismo lugar en el que tu cuerpo muerto se desplomó. Me ha hecho gracia el detalle y he pensado que la chica rubia y regordeta que me ha puesto la medalla lo hacía en representación de los casi cincuenta mil corredores que nos quedamos con la miel en los labios el año pasado por tu culpa. Sí, he pensado que tal vez por eso me aplaudían tanto desde las gradas.

La verdad es que he disfrutado mucho al cruzar la meta. Era un sueño que me aguardaba desde hacía dos años gracias a ti, alcalde, y precisamente por eso la emoción de la llegada ha sido seguramente más grande que si hubiese corrido el maratón el año pasado. Tiene su aquel que te tenga que dar las gracias por haberme robado la ilusión el año pasado. Igual sí. Gracias a eso he tenido la excusa para volver una vez más a esta ciudad que me gusta tanto y la emoción por terminar la carrera ha sido mucho más intensa. Ni el que ha ganado la carrera habrá sentido más satisfacción que yo al pasar esta meta.

No sé dónde leí que la persona que acaba un maratón no es la misma persona que lo empieza. Puede ser, sobre todo cuando esa persona acaba un maratón por primera vez. Para mí no ha sido la primera vez, aunque sí la primera en Nueva York, que es algo muy especial. Y tal vez tenga razón esta frase, porque mi percepción del yo de ahora mismo es bastante diferente a mi percepción del yo de esta mañana. Me siento mucho más feliz. Me siento completo. Tal vez el tener que esperar un año más haya contribuido a que esta euforia que experimento ahora sea más plena que si hubiese acabado la carrera el año pasado, como estaba previsto en un principio.

¡Qué lástima que ahora, en cuanto llegue a mi hotel, todo tenga que acabar para mí! No disfrutaré mucho rato de la euforia que da terminar el maratón de Nueva York. Pero qué le voy a hacer. Son cosas que pasan y, además, ha sido una decisión mía. La vida es así, es difícil que todo salga como lo hemos planeado y debemos afrontarla tal y como nos llega. Al menos mi sueño se ha cumplido. Con eso me es suficiente.

El año pasado, unos días después de que nos cancelaras la carrera, regresé a la ciudad como un turista más, como lo he hecho tantas veces a lo largo de mi vida. Me encanta Nueva York. Leí todo lo que encontré sobre tus costumbres e incluso te seguí algunos días mientras caminabas por la calle con algunos de tus ayudantes.

Pasé mucho rato en la zona de meta del maratón, en la plaza dedicada al empresario Warner LeRoy, junto al que fue su restaurante Tavern on the Green. Y descubrí por casualidad que uno o dos días a la semana solías pasar por allí. ¡Qué detalle tan fantástico me pareció el que te pudiera meter un tiro justo al lado de la meta que no me dejaste pasar!

He de decir que tuve mucha suerte, ya que un par de días después de que lograra hacerme con un arma en una esquina poco recomendable entre Harlem y el Bronx (el hablar bien español, con un falso acento argentino para despistar, y un buen fajo de billetes me facilitaron la labor con una banda de puertorriqueños), te seguí desde una de tus oficinas y te dirigiste al Lincoln Center. Estuviste allí un buen rato y al salir fuiste a cenar con una hermosa rubia al restaurante The Food Emporium. No debías ir muy en serio con ella o te hubieses estirado más con el restaurante. Seguro que te llegaba el dinero para ir a cenar a algún lugar mejor que ése.

Bueno, el caso es que al salir fuiste un rato con ella hacia el parque y después le diste un par de besos muy protocolarios y se marchó. Le comentaste algo a tu guardaespaldas y seguiste solo por la 68 hacia el parque. Recuerdo que hacía frío y tenía pinta de que iba a llover en cualquier momento. Ibas a buen paso y me adelanté a ti casi corriendo por la acera de enfrente. Me escondí entre unos árboles cerca del Tavern on the Green. Estaba cerrado, ya era de noche y no había nadie en la zona.

Preparé el arma y cuando pasaste por allí, justo en la línea de meta del maratón, disparé y te volé la cabeza. Así de simple.

Miré alrededor. No vi ninguna cámara de seguridad en la zona, pero por si acaso, y por el frío, me había puesto un buen gorro con una amplia visera, y entre el gorro y una bufanda casi me cubrían toda la cara. No había nadie, así que antes de que pasara algún paseante por la zona me dirigí hacia Columbus Circle por Central Park, haciendo en sentido contrario los últimos metros del maratón, y cogí el metro hacia el sur hasta Penn Station. Tenía hambre, así que comí algo rápido en el Speedy, en la esquina de la 32 con Broadway. Nada del otro mundo, pero me supo a gloria por el hambre que tenía. Luego me dirigí a mi hotel en Little Korea, dejé la pistola en mi habitación y subí al bar de la terraza a tomar un trago viendo el Empire State Building. Nunca me canso de mirarlo. Mientras saboreaba un Bloody Mary repasé mi plan para los siguientes días.

Ya que había tenido la suerte de matarte junto a la meta del maratón, algo que no tenía planeado, pero que fue la guinda al pastel, me pareció buena idea el dejar otras pistas en algunos otros puntos kilométricos del recorrido. No es que quisiera que me pillaran, pero desde luego quería que todo el mundo supiera por qué merecías morir. Fui pensando en qué tipo de pistas podría dejar y anoté mentalmente algunas de ellas. Pistas que tampoco me involucraban demasiado, por supuesto. No estoy tan loco como para desear que me cojan, pero sí quería dejar la evidencia de por qué te había matado. Serían dos o tres detalles. Suficientes.

El plan de fuga sí que lo tenía previsto y procuré cumplirlo a la perfección. EE.UU. es un país muy grande y es fácil perderse entre la costa del Atlántico y la del Pacífico. Podría haberme ido en cualquier vuelo a Europa tras acabar contigo, pero me imaginé que en esos primeros días habría un control exhaustivo de todos los pasajeros y me pareció mejor no arriesgarme. Además, tenía mucho tiempo libre y me apetecía viajar un poco.

La verdad es que casi cumplí el plan del todo. Bueno, tuve esa labor extra de trabajo que me surgió y con la que no contaba, pero al final salió todo bastante bien, como has podido ver por mi presencia de nuevo aquí, en el maratón de Nueva York de este año.

Sí, me salió todo casi a la perfección, aunque, como te digo, todo esto terminará para mí en cuanto llegue a mi hotel, pues no puedo evitar tener que acudir a esta cita que he concertado yo mismo con mi destino.

Así que, unos días después, tras hacer algunas cosas pendientes por la ciudad y dejar que se calmara el revuelo que monté con tu muerte, cogí el tren hasta Washington DC. Allí pasé unos días como un turista más, viendo los monumentos y el centro del poder del mundo. Tenía ganas de recorrer el país, así que pensé que sería buena idea la de repetir un viaje que había hecho dos años antes de costa a costa siguiendo la Race Across America, aunque con más comodidad y en sentido contrario. Es bonito tu país. Me gusta.

Llegué a Los Ángeles unas semanas después. Ya te contaré luego algo más de este viaje, que tuvo muchas más emociones que las previstas. Aunque solo una vez estuve a punto de disparar de nuevo el arma con la que te maté, pues no quería dejar una bala del mismo revólver como pista, dejé un buen rastro detrás de mí a lo ancho del país. Fue por ese imprevisto que me surgió.

Y así, por fin, regresé a casa.

42. LA ANTESALA DE LA FELICIDAD

Me quedan menos de doscientos metros para terminar el maratón más famoso del mundo. Estoy en la feliz fase del maratón en la que lo único que sientes de verdad es la euforia. La euforia por completar un sueño que te ha costado tanto esfuerzo. El esfuerzo de los cuarenta y dos kilómetros anteriores, y el esfuerzo de muchos meses, tal vez años, que han precedido a este día.

Ha sido una carrera memorable. La gente me ha animado como si yo fuese el primero. Ha sido dura porque me lleva doliendo una pierna desde antes de la mitad de la carrera y cada puente, cada cuesta, ha sido una tortura. Pero ha merecido la pena. Ojalá no acabara nunca.

Junto al cartel que señala el kilómetro 42 de la carrera, el que todo maratoniano desea ver desde unas horas antes, echo un rápido vistazo a un poste de luz. Tras el asunto del año pasado escribí allí el número del dorsal con el que debí haber corrido la carrera que no se corrió, el número 35.855. Casualmente en otro maratón terminé en un tiempo de 3:58:56. Casi el mismo número. ¿Casualidad? Hay quien dice que las casualidades no existen. Sé que dejar este número grabado ahí en el kilómetro 42 podía ser una pista definitiva para la poli, pero dudo mucho de que alguien se fije alguna vez en esas pequeñas cifras escritas con un rotulador negro junto al número W6501 que aparece en la base del poste. Por lo menos hasta hoy no se han debido dar cuenta, ya que nadie me ha preguntado nada sobre ello y no he tenido ningún problema al pasar el control de inmigración en el JFK las veces que he vuelto a los EE.UU. tras aquello.

Una vez leí que la felicidad reside en la antesala de la felicidad. A lo largo de mi vida he comprobado muchas veces que eso es cierto. Ahora, a tan solo doscientos metros de completar este maratón tan deseado por mí, vuelvo a darme cuenta de que, efectivamente, es así. Ya llevo los últimos kilómetros con la sensación de estar a un paso de conseguir mi sueño, a un paso tan corto que sé que todo está hecho. No como en el kilómetro 30, donde falta poco en relación con toda la carrera, pero donde cualquier corredor se da cuenta de que le queda lo suficiente como para tener que abandonar si las cosas se ponen muy difíciles.

Aquí, ahora, no abandonas. Aquí saboreas el éxito y disfrutas de una felicidad pocas veces sentida antes. Y además, sabes que un rato después, unas horas después, unos días después, todo lo que estás viviendo ahora te parecerá que pasó hace mucho tiempo. Tantos meses soñando con esto y una vez cumplido el sueño todo se acaba. Por eso no me gusta mucho cumplir mis sueños, pues al hacerlo todo lo que has disfrutado, todo lo que has sentido, todo lo que has vivido deja de ser una realidad y pasa a ser solamente el grato recuerdo de un sueño. Un sueño que cada vez lo sentirás más y más lejano, y puede que un día dudes de si fue real o fue realmente un sueño, pues los sueños y los recuerdos con el tiempo pasan a ocupar el mismo rincón de tu memoria y se entremezclan y los confundes. Y puede que un día creas que fue realidad algo que solo soñaste mientras recuerdas como un sueño lo que en verdad viviste.

Sí. Se es más feliz cuando estás tocando con los dedos el sueño, el anhelo de algo. Se disfruta más cuando está a punto de llegar tu amante a tu casa y sabes que te espera una buena sesión de sexo, que poco después, cuando ya estás con ella en la cama. Se disfruta más cuando vas hacia la esperada cena con unos viejos amigos pensando en lo bien que lo vas a pasar, que luego en la cena misma, cuando te has quedado lejos del grupo que tiene las mejores conversaciones. Dura más en tu vida la preparación de un viaje ilusionante que el viaje en sí.

Y por eso, cuando el año pasado me dijeron en el hotel, tras llegar del Jacob Javits Center con mi dorsal y mi camiseta de la carrera, que habías cancelado la carrera casi me alegré, porque así mantenía el sueño del maratón de Nueva York vivo un año más. "Bien —pensé—. Corro el de San Sebastián que es dentro de dos semanas para aprovechar los entrenamientos y vuelvo el año que viene a Nueva York. Decidido". Pero entonces vi las caras de algunos corredores en el hotel. Aquella chica llorando por no poder cumplir su sueño de correr esta carrera en su viaje de novios. Aquel hombre maduro cabizbajo y derrotado. Entonces decidí que no podías hacernos algo así a casi cincuenta mil personas sin recibir un castigo. Entonces decidí que alguien debía hacer justicia contigo, que algún Don Quijote debía encargarse de enmendar este mal, que David debía enfrentarse a Goliat. Y entonces decidí volver con calma y matarte, viejo cabrón arruinasueños.

41. SIEMPRE HAY MÁS FUERZAS

Salvo que ya llegues derrotado a este punto de la carrera, en el último kilómetro es normal que aceleres el ritmo. Unos kilómetros antes vivías momentos malos y las piernas te suplicaban todo el rato que pararas, o por lo menos que fueras más lento. Y sin embargo, al ver que estás en el kilómetro 41 de la carrera, al ver y oír a toda esa gente que se agolpa en la W59 junto a Central Park South animándote como si les fuera la vida en ello, tan solo saludas y aceleras. El corazón se dispara con renovadas alegrías y sabes que es el último esfuerzo, que por fin llegan los últimos minutos de unas horas memorables, las mejores horas de tu vida, unas horas que siempre recordarás como las más intensas que viviste en mucho tiempo. Nada se puede equiparar a lo que sientes durante estos momentos en Nueva York, en la carrera más importante del mundo.

Y por eso tú no tenías derecho a quitarnos esto. No tenías derecho. Así de simple.

Yo había preparado desde unos meses antes una camiseta especial para la carrera. Había puesto la fecha, "November 2, 2012", y la bandera de mi país junto a la bandera de los EE.UU. Incluso había dibujado en ella la silueta del Empire State Building, mi edificio favorito de Nueva York.

Y esa camiseta ya no la podía utilizar, así que la escondí cerca del kilómetro 41 de la carrera, cerca del cruce con la 6ª, junto a la estatua de Simón Bolívar, uno de los héroes latinoamericanos. Conozco bien el pueblo del País Vasco de donde procedía Bolívar. Podía ser otra buena pista para la poli. Pero no parece que les haya resultado útil. Seguramente la encontró alguien antes que la poli y se la quedó. O tal vez siga allí. Estaba bien escondida. O incluso la encontró la policía, pero es raro que alguien la relacionara directamente con tu muerte. Cualquier corredor tras la anulación de la carrera se podía haber deshecho de una camiseta con la que solo iba a correr ese día. Total, ¿ahora para qué sirve?

Tal vez los polis que estuvieron investigando tu asesinato... ¡Asesinato! No había pensado nunca que yo iba a ser un asesino. No sé. Prefiero justiciero. Sí. El justiciero del maratón. Porque no soy un asesino. Nunca he hecho daño a nadie en mi vida, aunque, a decir verdad, sí que lo he deseado muchas veces, incluso he soñado que lo hacía. Pero esto ha sido una excepción. Algo así como una misión que me fue encomendada en nombre de casi medio centenar de miles de personas. Asesino. No. Definitivamente no.

Bueno, decía que tal vez los polis que investigaron, digamos, mi acto de justicia, no tuvieron suficientes ánimos del público y no pudieron acelerar cuando estaban llegando a este punto de su trabajo.

Bueno. Eso me hizo pensar también que el pegarte un tiro tal vez no le pareciera mal a mucha gente y por eso no se esforzaron mucho en pillarme. La camiseta. El número de mi dorsal. Sí, era difícil encontrar todo y relacionarlo con tu muerte, pero tampoco era imposible.

Tal vez no llegaron a esforzarse. No pudieron acelerar. No disfrutaron de la carrera.

Solo uno de ellos se esforzó de verdad.

40. QUE ESTO NO TERMINE NUNCA

Cruzando Central Park, bajo el manto amarillento de las hojas de los árboles a los que el otoño ha adornado para nosotros, a todos los que corremos hoy aquí se nos ponen los pelos de punta. Ves que terminas algo por lo que te has sacrificado mucho tiempo y ves a la gente del público gritando como loca, gritándote a ti. Porque, si bien es cierto que solo eres uno más de las decenas de miles de personas que corren el maratón, no puedes evitar sentirte protagonista único de algo muy grande. La gente te anima a ti, por tu nombre si lo llevas en la camiseta, o por tu país, si llevas tu bandera, o por el color de tu gorro, por lo que sea, pero te identifican como una persona que está a punto de terminar el maratón de su vida y no como uno de tantos locos que corren por la ciudad.

Sentirte aquí es algo maravilloso y, pese a todos los dolores de piernas que puedas llevar, pese al cansancio, pese a lo que sea, te gustaría que esto no acabara nunca, que pudieras seguir corriendo dando vueltas y vueltas a Central Park mientras todo Nueva York te anima. Si este momento no es la felicidad absoluta no le anda muy lejos.

Aquí, a la altura del kilómetro 40 de la carrera, un hito importante en un maratón, en pleno Central Park, donde nació esta carrera en 1970, dejé la medalla del año pasado, una medalla con la que tanto había soñado y que cuando la recibí como recuerdo solo pensé que para qué coño quería yo una medalla de un maratón que no había corrido. No.

Esa medalla no me valía para nada, así que ahí, junto al kilómetro 40, la escondí entre unas rocas y un árbol. No sé si seguirá allí, o si la policía la encontró, o si hoy en día hay un niño que juega con ella. El caso es que yo, tras haberla deseado tanto, ya no la quería, sencillamente por tu culpa.

La de hoy sí que vale y la guardaré como si fuese la medalla de oro que se lleva el ganador del maratón en las olimpiadas. Si me apuras igual hasta tiene más valor para mí, para un corredor popular, que también nos sacrificamos mucho por terminar los maratones.

Te voy a comentar algo de mi fuga después del momento, el único momento, en el que interactuamos juntos tú y yo.

Tras el disparo esperé quieto un rato junto al árbol en el que me escondí para dispararte. No vi ni oí a nadie acercarse al lugar, por lo que deduje que nadie había oído el tiro, o si lo habían oído no les llamó la atención o no quisieron meterse en líos. Nueva York es una ciudad ruidosa y un disparo no llama mucho la atención.

Así que, cuando vi que nadie acudía corriendo a ver qué había pasado ni que ninguna sirena anunciaba la llegada de algún coche patrulla, salí tranquilamente de detrás del árbol, me acerqué un poco a ver si estabas muerto, que lo estabas, y a paso ligero pero sin correr para no llamar la atención fui desandando los últimos metros del recorrido del maratón hasta la entrada del metro de Columbus Circle.

No había mucha gente. Validé mi Metro Card y me senté tranquilamente en el andén hasta que llegó mi tren. Al poco me bajé en Penn Station y paseando tranquilamente fui en dirección a mi hotel, como te he dicho antes. Cené algo ligero en Speedys, en la esquina de la 32 con Broadway, y saboreé un café expreso. Es de los pocos sitios de la zona donde no está tan mal el expreso, en un país que casi nunca tiene un buen café.

Después subí a mi habitación en el hotel La Quinta Inn Manhattan, me lavé, guardé la pistola entre mi ropa y subí a la terraza a tomar algo. Me sentía bien y me apetecía.

Disfruté como nunca tomando un par de Bloody Marys. Hacía frío, pero como aún no había comenzado a llover me senté fuera en una mesa de la terraza, gozando de la bebida y admirando el Empire State Building. Recuerdo que estaba iluminado de rojo, ya que el color hizo que pensara en tu cabeza llena de sangre apoyada inerte contra el asfalto de Central Park. Saboreé aún más el trago del segundo Bloody Mary que me estaba bebiendo y el color del zumo de tomate tomó un nuevo matiz al quedar iluminado mientras la copa se iba elevando hacia el Empire State. ¡Qué bonito estaba todo así de rojo! Fue un brindis magnífico por ti y por mí.

Estaba seguro de que nadie me había visto y de que nadie tenía ningún motivo para relacionarme contigo. Mi única relación y mi único motivo para matarte era algo que compartíamos casi cincuenta mil personas de todo el mundo, así que hasta ahora no era sospechoso de tu muerte.

Por lo tanto, mis únicos pasos a dar eran los que cualquier turista como yo daría, y eso iba a hacer: seguir con mi programa de turismo por Nueva York y por parte del país.

Terminé el Bloody Mary y bajé a dormir. Y dormí muy bien.

39. YA SE EMPIEZA A VER EL FINAL

Por la mañana, lo primero que hice al despertarme fue encender la televisión. En todas las cadenas solo hablaban de mí, o sea, de lo que yo había hecho contigo. Por supuesto no hablaban de mi persona, ya que lo que todos venían a decir es que no tenían ni idea de quién te había disparado.

Al parecer, un corredor había encontrado tu cuerpo a primera hora de la mañana. ¡Un corredor en Central Park! Me reí con la ironía. Bien pudiera ser que fuera uno de los que se quedaron sin correr el maratón y que al saber que el cuerpo que había encontrado era el tuyo lo primero que se le viniera a la cabeza fue un "te jodes, cabrón". Pero bueno, eso no lo sabré nunca.

El caso es que ni la Policía de Nueva York ni el FBI sabían una mierda de lo que había pasado. Pero pronto analizarían la bala que había en tu cabeza y encontrarían mi primera pista, el 42,2, y empezarían a sospechar de algún corredor cabreado.

Apagué la tele, me vestí para correr un poco, desayuné un café de mierda en el hotel y troté un rato hasta Central Park, como cualquier turista aficionado a correr haría.

Nada más llegar allí me junté con un grupo numeroso de corredores y dimos toda la vuelta al parque hasta llegar a la altura de la meta del maratón, que por supuesto estaba acordonada y no se podía pasar. Me paré un rato entre la gente curiosa (resulta que es verdad eso que se dice en las películas de que el asesino siempre vuelve al lugar del crimen, mira tú por dónde) y vi a la policía trabajando, buscando pistas mientras una ambulancia esperaba aún para llevarse tu cadáver, que estaba tapado con una manta.

Bueno. Seguí corriendo para no enfriarme y regresé al hotel. Me duché y bajé a buscar un sitio donde desayunar algo más consistente que un café americano.

Cuando llegas al kilómetro 39 en un maratón, ya empiezas a ver claramente el final. Solo te quedan tres kilómetros y ya puedes empezar a dar todo lo que te queda. Sabes que vas a terminar, sea como sea, y por eso puedes empezar a sentir la alegría de conseguir algo que hasta hace un rato aún era solo un sueño, un deseo. Algo te empieza a recorrer todo el cuerpo y el corazón ya es libre para desbocarse pues casi está todo hecho. Ya no importa el dolor ni el cansancio, ni la agonía de la lucha de tu mente contra tu cuerpo. Ya ha vencido la mente.

Por eso ahora, en este rincón de Central Park, pese a la dureza de las subidas y el grito de mi pierna atenazada por el dolor, sonrío plenamente y choco mi mano contra todas las manos que se asoman hacia mí. Ya no hay vuelta atrás. Ya solo queda correr y correr sin parar hacia la meta.

El sueño está llegando a ser real y solo pido no despertar.

Así que, por ahora, la poli solo acababa de empezar su particular maratón. La bala les diría que detrás de tu muerte podría estar alguien cabreado por lo que decidiste hacer con el maratón unas semanas antes. Y además les diría que el que te voló la cabeza quería que todo el mundo supiera por qué lo había hecho. Su única esperanza iba a ser que, además de querer demostrar por qué lo había hecho, también les hubiera dejado pistas para decirles quién lo había hecho. Y sí, como ya sabes dejé algunas pistas, pero no fui tan gilipollas de dejarlas demasiado a la vista ni demasiado claras. Más que pistas lo que estaba haciendo era dejar mi firma en una esquina del cuadro, una firma pequeña que me satisfacía a mí pero que casi nadie veía nunca. Si al final me cogían no sería porque se lo pusiera fácil.

Durante los siguientes días lo único que hice fue salir a correr, dar vueltas por la ciudad como todos los turistas, ver la tele y leer los periódicos para saber cómo les iba con la investigación.

Y pasaron los días y no sucedió nada. Nadie vino a mi hotel a preguntar por mí, ni en ninguna televisión, radio ni periódico se dijo algo que pudiera hacerme preocupar.

Y así, una semana después de matarte, cogí mi mochila y me dirigí a Penn Station. Compré en Amtrak un billete de tren a Washington y salí en el Acela Express de las ocho de la mañana. Un viaje cómodo en el que aproveché para leer el periódico y echar un sueñecito.

Llegué a Union Station poco antes de las once de la mañana y como tenía hambre comí algo allí mismo. Luego fui en dirección al Dupont Circle paseando tranquilamente por la Avenida Highland y cogí una habitación en el Tabbard Inn, un elegante hotel en un edificio antiguo de la ciudad en la Calle N.

Mi habitación estaba en el tercer piso. Menos mal que yo estaba en forma y mi mochila era ligera, porque al ser un edificio antiguo no tiene ascensor. Me daba igual. Dejé mis cosas en la habitación, una habitación muy grande con una pequeña librería con algunos libros antiguos y unas bonitas revistas de fotografía, y salí a dar una vuelta. Me apetecía ver la Casa Blanca.

Pero no adelantemos acontecimientos. Hay tiempo para ello.

Quizás te preguntes cuándo decidí volver a Nueva York tras la suspensión de la carrera para matarte.

La verdad es que no lo sé con seguridad. Cuando me informaron de que habías cancelado el maratón, como te he dicho, en un primer instante no me hundí moralmente. Como un buen corredor de fondo estoy, creo, relativamente preparado para encajar bien los imprevistos. Y éste era un imprevisto más que solo me retrasaba un año mis planes de terminar el maratón de Nueva York.

Pero, luego, al ver las reacciones de la gente, sus lloros, su decepción... Al leer luego en Internet el sufrimiento de tanta gente que vio truncada la ilusión de su vida, su enfado, sus lamentos, pensé que había que hacer algo. Simplemente no habías hecho lo correcto y tenías que pagar por ello.

Y yo decidí hacer algo. Yo podía volver a tu ciudad a correr la carrera otro año. Tengo dinero y tengo tiempo. Pero por todos aquellos que no podían permitírselo pensé en cómo podía vengarles y hacer algo de justicia. No está bien que los poderosos podáis hacer siempre lo que os dé la gana y los demás debamos aguantarnos sin más. No está bien que no se haga justicia.

Sí. Yo, David, era el elegido por todos ellos para darte una lección a ti, a Goliat, para dar una lección a todos los que son como tú, prepotentes e insensibles.

Como te he dicho, nunca antes había hecho daño físico a nadie, pero no puedo negar que más de una vez he sentido el impulso de matar a más de un hijo de puta que se lo merecía. Solo una vez, hasta ahora, me dejé llevar por ese impulso. Fue con un perro, un perro asesino cuyo dueño había adiestrado para atacar a otros perros, y ya había matado a más de un pobre perrito del barrio. Seguramente me tenía que haber cargado al dueño, pero era más complicado. Así que, una vez en la que el perro estaba suelto por la plaza y no estaba el dueño cerca, vi cómo el perro atacaba a un pequeño perro pastor mientras su dueño, un crío, no podía hacer nada. Cogí una estaca que había tirada en un esquina, fui hasta donde se peleaban los perros y le golpeé con todas mis fuerzas en la cabeza varias veces. Quedó allí tendido, con la cabeza abierta y sus sesos desparramados. Lo miré y me alegré. Un problema menos para todos.

Bien. Estaba decidido. Había que hacer algo contigo y tenía que hacerlo yo. Era algo que ya estaba planeado en mi mente. Solo me faltaba sacar los billetes, regresar a Nueva York, esperar y hacerlo. No había vuelta atrás, como ya no puede haberla en el kilómetro 39 de un maratón.

38. YA NO SE SIENTE EL DOLOR

Bueno, es mentira. El dolor sí que se siente, pero ya no te importa porque ves que estás cerca de la meta. No siempre es cierto eso de "querer es poder", pero muchas veces, casi siempre, sí que lo es. Y cuando solo te quedan cuatro kilómetros para alcanzar la meta en un maratón quieres terminar la carrera por encima de todo, y como quieres puedes, por mucho que te duelan las piernas. Te concentras en pensar en todo lo que vas a disfrutar cuando estés pasando la meta, cuando el objetivo esté cumplido. Te concentras en pensar en todo lo que has sufrido hasta llegar allí, todos los kilómetros que has corrido, con calor, con frío, con lluvia, con dolor. Te concentras en saborear los ánimos de la gente que te aplaude desde este rincón de Central Park. Y te olvidas del dolor y dejas de hacer caso a tu cuerpo que desde hace unos diez kilómetros no para de rogarte, de suplicarte por favor que te detengas, que no puede más, que no le castigues más. Pero tú estás preparado para eso, para no hacer caso a tu cuerpo, porque sabes que tu cuerpo es más débil que tu mente y que querrá rendirse en esos momentos de sufrimiento. Pero tú ya llevas preparada tu mente para que no se rinda ante la debilidad de tu cuerpo y para que tome el control de la situación. La carne es débil, pero el espíritu de un corredor está entrenado para no hacerle caso. Solo importa llegar. Hay que llegar.

Aquella noche, mientras te seguía hacia Central Park, y después, mientras te adelantaba y me escondía tras el árbol, sentí un gran dolor. Me dolía pensar que te iba a matar, que te iba a quitar la vida, que te iba a quitar todo. Pero no había llegado hasta allí para retirarme tan cerca del objetivo. Mi carne no quería que otra carne sufriera, pero mi mente se acordaba que tú nos hiciste retirarnos sin ni siquiera haber comenzado. Y eso es duro para un maratoniano. Puedes estar preparado cuando vas a correr un maratón para enfrentarte a los malos momentos en la carrera. Incluso ya has pensado en la posibilidad de que esa lesión que arrastras te obligue a retirarte. Pero es muy difícil que alguno de los casi cincuenta mil corredores que habíamos venido aquí el año pasado estuviera preparado para ni siquiera empezar la carrera. Era algo que sencillamente no era una posibilidad.

Pero tú hiciste que así fuera.

Así que, allí, detrás de aquel árbol, a oscuras, con frío, mi mente tomó el control y obligo al brazo a levantar la pistola y al dedo a apretar el gatillo. Simplemente ya no podía echarme atrás. Ya estaba demasiado cerca de la meta y mi dolor hacia ti no podía imponerse y tenía que desaparecer.

Y disparé. Y desapareció el dolor. Y, para mi sorpresa, no sufrí nada.

Cuando, pocos días después, caminaba por la Avenida Pennsylvania y me paré a mirar la Casa Blanca, al ver todas las medidas de seguridad que protegían al presidente me di cuenta de cuánto loco hay suelto por el mundo. El presidente de los EE.UU. seguramente será una de las personas del mundo que está en el punto de mira de más pirados. Sonreí. Si yo te había matado solo por suspender una carrera, ¡cómo no habrá cientos de personas deseando disparar al presidente! Personas a las que alguna decisión presidencial les ha fastidiado la vida, o simplemente gente que quiere ser famosa aunque sea por disparar al presidente.

Miré a mi alrededor y vi a otros muchos turistas como yo sacando fotos a la Casa Blanca. Algunos con potentes teleobjetivos apuntando directamente a los miembros de la policía que desde el tejado del edificio nos observaban a nosotros con grandes catalejos. Tiene que ser difícil distinguir a un loco entre los miles de turistas y curiosos. "Quizás –pensé–, al observarme con ese catalejo sabrán lo que he hecho". Y miré alrededor por si de repente llegaba un coche negro del servicio secreto, se paraba junto a mí y un grupo de fornidos agentes me tiraba al suelo y me arrestaba.

Pero no pasó nada.

Rodeé el parque que circunda la Casa Blanca y luego me di un largo paseo por la zona monumental de la ciudad. Visité el monumento a Lincoln y medité un rato en silencio junto a los memoriales a los caídos en tantas guerras en las que tu país se ha metido a lo largo de la Historia. Tantos muertos. Tanto sufrimiento.

Pero no quise amargarme mucho el día y regresé al hotel. Estaba cansado pero no quería irme a dormir todavía. Así que pedí algo para cenar en el coqueto restaurante del hotel.

Tras la cena me senté un rato en el agradable lounge del bar del hotel. Más que en EE.UU. parecía como si estuviera en un pub londinense. Pedí una cerveza y cogí un periódico. En la portada seguían tratando nuestro asunto, aunque casi solamente era para decir que la Policía de Nueva York y el FBI seguían sin saber nada nuevo sobre mi, digamos, actuación. No le di más importancia y pasé a las páginas del interior. Me gusta hojear los periódicos locales cuando estoy de viaje. Es una buena forma de saber más sobre los lugares y sobre las personas.

Al cabo de un rato se sentó en la mesa de al lado una joven rubia muy atractiva. Era delgada y tenía aspecto de corredora. Era mi tipo.

Casualmente al pasar la página llegué a la noticia de los sucesos de Central Park de unos días antes y cuando alargué la mano para coger mi cerveza la chica rubia, para mi sorpresa y alegría, se dirigió a mí.

—¬Fue horrible lo que le pasó al alcalde, ¿verdad? —me comentó mientras bebía un Bloody Mary.

—Sí, una tragedia —le contesté mientras me arrepentía de no haber pedido yo otro—. Parece que no se sabe nada de quién lo hizo ni por qué.

—Sí, eso dicen los periódicos. Pero mi hermano trabaja en la Policía de Nueva York y me comentó que tiene algo que ver con el maratón de la ciudad.

—¿Cómo? —pregunté sorprendido y algo preocupado. ¿Podría ser que estuvieran tras de mí? No, seguramente sería que habían encontrado la pista de la bala, como era de esperar, pero no la habían hecho pública. Hablar con esta chica me iba a ser muy útil—. ¿Qué tiene que ver una carrera con un asesinato? —añadí.

—No sé si te lo debería contar, es algo secreto. No serás periodista, ¿verdad? —me preguntó de golpe con cara de haber metido la pata.

—No, tranquila. Trabajo en un banco en Europa. Estoy de vacaciones unos días aprovechando un viaje de negocios. Me llamo David.

Por supuesto no le iba a decir la verdad, no le iba a decir por qué estaba allí. Ella me dijo su nombre, Corina Cooper y que era de Trenton, New Jersey, aunque trabajaba en la capital del país como oficinista en un bufete de abogados. Yo le di algunos datos sobre mí. La mayoría inventados, otros ciertos.

—Pues hablas muy bien inglés —me dijo.

—Gracias, es que estudié tres años en la Universidad en Los Ángeles —eso era cierto.

—Ah, vale, entiendo —se notaba que tenía ganas de contar lo que sabía a alguien—. Bueno, pues me dijo mi hermano que el asesinato de Central Park fue exactamente en el mismo lugar donde se pone la meta cada año.

—Ya —le contesté—, pero eso puede ser una casualidad.

—No, espera, que hay más.

—Sí? ¿Qué más?

—En la bala que mató al alcalde estaban grabadas las cifras 42,2. ¡42,2! Lo entiendes, es lo que mide el maratón en kilómetros.

—Vaya, sí que es casualidad. ¿Y 42,2 kilómetros es lo que mide un maratón? No lo sabía —dije como sorprendido.

—Bueno, exactamente son 42,195 kilómetros. ¿Y sabes por qué lo sé?

—No tengo ni idea.

—Porque yo suelo correr el Maratón de los Cuerpos de Marines aquí en DC —lo soltó con una sonrisa de oreja a oreja, como todos los que corremos maratones lo decimos en cuanto tenemos ocasión.

—¡No me digas! Pues sí que tienes aspecto de deportista. Yo suelo hacer algo de gimnasio y salgo de vez en cuando a dar una vuelta en bici. Pero correr 42 kilómetros... Buf, eso es demasiado. Brindo por ello —dije cogiendo mi cerveza y acercándomela a los labios para terminarla. Necesitaba una excusa para sacar otro trago y así poder invitarla y estar más tiempo con ella. Era una fuente de información asombrosa. Y además era guapa, por qué lo voy a negar.

—Gracias. Sí que es duro, pero yo corro despacio, no te creas que soy una atleta profesional —y se rio con una sonrisa encantadora.

—¿Y sabes por qué el maratón mide exactamente 42,195 kilómetros? —realmente tenía ganas de hablar, pues sin que yo abriera la boca me empezó a contar toda la historia.

—Mira, muchos creen que es la distancia que separa la ciudad de Maratón, en Grecia, de Atenas, que es lo que tuvo que correr según la leyenda el soldado griego Filípides para anunciar la victoria en la batalla que libraron allí los griegos contra los persas en el año 490 a.C., antes de caer muerto por el cansancio. Pero, además de que esto no está tan claro, porque algunos autores dicen que no fue Filípides y otros dicen que no corrió desde Maratón a Atenas sino desde Atenas a Esparta, unos 225 kilómetros, para pedir ayuda a los espartanos ante el desembarco en Maratón de los persas, resulta que la distancia entre Maratón y Atenas no es de 42 kilómetros, sino de unos 37 kilómetros.

—¿Y entonces? —añadí, más que nada para dejarle respirar y para que bebiera su Bloody Mary.

—Pues resulta que en los primeros juegos olímpicos modernos, en Atenas en 1896, se introdujo la prueba de maratón como una gran gesta para cerrar los juegos. Fue precisamente entre Maratón y Atenas. Pero en los Juegos Olímpicos de Londres en 1908, la reina Alejandra, esposa del Rey Eduardo VII, quiso que la carrera saliera desde el Palacio de Windsor, así sus nietos podrían ver la salida. Con este capricho, sin pretenderlo, la distancia hasta la meta del Estadio White City, construido para la ocasión, quedó en los 42,195 kilómetros, que más tarde se adoptó como medida oficial de la carrera de Maratón con la que se cierran las olimpiadas.

—Vaya, pues sí que te interesa el tema. ¿Te apetece otra copa, Corina?

—Oh, gracias, David. Tanto hablar me ha dado sed.

Fui a la barra a pedir dos Bloody Marys y regresé junto a Corina.

—Así que tu hermano es poli en Nueva York. ¡Qué interesante! Como en las películas —me reí.

—Sí, jaja. La verdad es que a veces me cuenta unas historias...

—Y volviendo a lo del Maratón y lo del alcalde. ¿Qué puede tener que ver una cosa con otra?

—Frank, así se llama mi hermano, me ha dicho que no lo tienen muy claro, pero como el alcalde de la ciudad fue el que tomó la decisión de anular la carrera por lo del Sandy, pues creen que puede estar relacionado.

—¿Relacionado?

—Bueno, no lo saben muy bien, pero hubo gente que perdió mucho dinero y seguro que a muchos no les hizo mucha gracia el que se suspendiera la carrera.

—Ah. Comprendo. Algún loco.

—Sí, eso parece.

Bueno. Era una información formidable la que me había dado Corina. Sabían lo que yo quería que supieran, y si yo no metía la pata no creo que nunca me relacionarían con el asunto. Solo era cuestión de dejar pasar el tiempo y mantener la calma.

Seguimos charlando durante un buen rato. La verdad es que el lounge del hotel era un lugar muy agradable y Corina era simpática y bastante guapa. Me gustaba estar con ella y yo estaba solo en el hotel, en los EE.UU. y en mi vida.

Cuando Corina me dijo que se le estaba haciendo tarde no quise insistirle mucho para que se quedara. Se notaba que los Bloody Marys le habían hecho efecto y, a decir verdad, yo también noté que estaba un poco bebido.

Ella vivía en un apartamento a una manzana de allí. Quise acompañarla a casa pero no me dejó, así que nos despedimos en la escalera de entrada al hotel con un beso de despedida que para los dos significaba que esperábamos volver a vernos al día siguiente, así que le pedí su teléfono y ella me lo dio.

37. SALIENDO DEL MURO

Estoy bajando por la 5ª Avenida, cerca ya de la esquina nordeste de Central Park. Hace ya unos kilómetros que he cruzado el muro, esa barrera psicológica y física que tiene cada maratón en la que pasas el punto en el que tu cuerpo está ya muy cansado, no te queda apenas glucógeno en los músculos de tus piernas y aún estás demasiado lejos de la meta como para que la emoción de saber que lo vas a lograr te ayude a pasar el bache.

El kilómetro 37 empieza a estar ya cerca de la meta y la mente empieza a obligar a las piernas para que reaccionen y no se rindan ahora. Solo quedan cinco kilómetros, una nimiedad de distancia para un corredor de maratones, pero por mucho que hayas intentado guardar fuerzas para el final tus piernas gritan que pares, que no soportan el dolor.

Pero tú debes ser sordo ante los gritos de tus piernas. ¡Ellas qué saben si están o no cansadas, si duelen o no! Eso lo debes saber tú, no tus piernas que solo están ahí para moverse sin parar, como las bielas de una locomotora. Y aquí, en Nueva York, el público no deja de recordar a tus piernas que han de seguir, que hay que llegar a la meta, que están entrenadas para eso, que no se paren.

Seguir. Ésa es la parábola de la vida que te enseñan los deportes de fondo. Siempre seguir. Tal vez mirando atrás, si quieres, pero siempre seguimos hacia adelante, simplemente porque en la vida es imposible ir hacia atrás, es imposible deshacer el camino y enmendar los errores haciéndolos desaparecer. Con suerte podrás corregir el rumbo y volver de nuevo a la senda correcta de tu paso por este mundo, pero los desvíos que hayas tomado en algunos momentos de tu vida ya están tomados y quedan allí trazados para siempre, como queda el rastro en la senda.

Si has tenido suerte, tal vez hayas cometido pocos errores o los enmendaste a tiempo y al final no tendrán una gran importancia en el resultado. Pero si tu equivocación fue grande, o siendo pequeña fue duradera en el tiempo, al final tu meta estará muy distante de la que debía haber sido.

Tú, alcalde M.B., cometiste un error grande con nosotros y el curso del río de tu vida cambió por completo. Y en ese mismo instante en el que tu vida llegó al final de forma sorprendente para ti, también cambió mi vida. El tiempo dirá a dónde me llevará esta decisión, pero por ahora, como en una carrera, yo he de seguir, seguir, seguir.

Tras mi charla con Corina me sentí más relajado. Si su hermano le había dicho todo lo que sabían no debía preocuparme mucho por ahora. Así que dormí plácidamente hasta bien entrada la mañana.

Después de desayunar la llamé, porque estaba seguro de que ella esperaba de verdad que lo hiciera.

—Hola, Corina. ¿Tienes libre esta tarde para enseñar la capital del país a un turista como yo?

—Por supuesto, David. Hoy me viene muy bien. Si quieres nos vemos a las seis en tu hotel.

Estuve nervioso todo el día mientras se acercaba la hora de nuestra cita. Es increíble, pero por mucha vida que tengas, una primera cita con alguien que te gusta siempre es excitante.

Aproveché el día para leer la prensa, ver la televisión y conocer algo más del centro de la ciudad, una ciudad muy diferente a Nueva York. En Nueva York casi me encuentro como en casa tras haber viajado allí muchas veces, pero Washington, pese a tener unas calles y unos edificios con una escala más humana y una distribución más europea, no llegaba a hacérseme una ciudad acogedora.

Bastante antes de la hora de la cita ya me encontraba en el lounge del hotel tomando algo mientras miraba continuamente a la puerta cada vez que entraba alguien. Y por fin, un poco antes de las seis, entró Corina.

Nos saludamos con dos besos mientras nuestras respectivas manos se apoyaron discretamente en nuestras cinturas. Fue un bonito gesto espontáneo que invitaba a ser optimistas. Corina estaba mucho más hermosa que el día antes. Se había maquillado y su mirada estaba simplemente cautivadora y me costó dejar de mirarla fijamente, tanto que se ruborizó ligeramente.

Me propuso dar un paseo por la zona monumental, ya que, según me dijo, era muy bella a esas primeras horas de la noche.

Por supuesto no saqué en ningún momento el tema del suceso de Nueva York, pues no quería que se diera cuenta de mi interés para no levantar sus sospechas. Así que pasamos la tarde disfrutando de la ciudad, de su historia, y ella me contó algunas cosas de su vida, nada importante. Era una primera cita y supongo que tampoco quería mostrarse demasiado cercana.

Hacia las ocho le sugerí que podíamos ir a un buen restaurante, pues quería invitarla a cenar por haber sido tan buena anfitriona. Le pregunté si conocía el Zaytinya, ya que me lo habían recomendado mucho en el hotel y el famoso chef José Andrés era uno de los propietarios. Corina lo conocía pero nunca había cenado allí, así que nos acercamos hasta la esquina de la Calle G con la Novena y tuvimos mucha suerte, ya que encontramos una mesa para dos cerca de la ventana.

Pedimos algunos platos de la carta. La mayoría eran platos basados en la cocina griega y turca, e incluso algunos tenían raíces libanesas. Algo exótico para mi gusto, pero estaba todo muy rico.

—¿Qué vas a hacer esta semana? —me preguntó Corina mientras saboreábamos ya los postres.

—La verdad es que pensaba marcharme en un par de días. Se me acaban las vacaciones. Lo bueno siempre dura poco —mentí. Podía quedarme allí hasta que se me acabara el visado de turista, y luego podía volver siempre que quisiera. Es la ventaja de tener dinero y de no tener que trabajar. No es que sea un millonario como tú, alcalde M.B., pero me puedo permitir el lujo de poder vivir bastante bien simplemente administrando mi patrimonio.

—¿Volverás por aquí? —me dijo con un tono que me rogaba que la respuesta fuera sí.

—La verdad es que nada me gustaría más —le contesté la verdad mientras le miraba largamente a sus bellos ojos verdosos. La así de la mano y ella me apretó la mía como indicándome que no me fuera.

Tras la cena, estuvimos paseando un largo rato mientras ella me enseñaba la ciudad en la que vivía. Hacía frío, pero no me importó nada caminar por la calle. Estaba tan a gusto con Corina que pensé que me gustaría quedarme más tiempo en la ciudad, y tal vez decirle toda la verdad. Pero preferí seguir mintiendo y no estropearlo todo. Tal vez en el futuro... Nadie sabe cómo será el futuro.

Ya era algo tarde al llegar al portal de su casa. Yo no tenía que madrugar, pero ella entraba temprano a trabajar y le dije que sería mejor irnos a dormir. Acerqué mi rostro al suyo para darle un beso de despedida, pero ella giró la cabeza y me besó en los labios con dulzura. Sé que no estaba bien engañarla así y dejar que tal vez sintiera algo por mí sin decirle nada de mi secreto. Pero era tan bella, y el beso fue tan dulce... No lo pude evitar y la abracé con firmeza. Nos besamos apasionadamente como dos adolescentes uniendo nuestras lenguas en un placer exquisito. Luego ella me agarró de la mano y me condujo hacia su casa.

Al entrar me invitó a sentarme en el sofá y ella se dirigió a su vestidor. Dejó la puerta entreabierta y pude ver cómo su falda se deslizaba por sus largas piernas. La hermosura de su cuerpo se me mostró casi en su totalidad mientras se dirigía al cuarto de baño. Poco después salió envuelta en una bata blanca de seda y se sentó junto a mí. Nos besamos de nuevo y con una mano le acaricié sus pechos a través de la bata. La suavidad de la seda se entremezcló con la suavidad de su piel. Ella se recostó en el sofá y se dejó tocar. Ambos estábamos muy excitados y ella lo comprobó al sentir la dureza de mi pene bajo mi pantalón.

Tras un largo espacio de caricias, se puso en pie y se abrió la bata. Le ayudé a retirarla de sus hombros y se deslizó suavemente hasta el suelo mostrándome su entera desnudez. Su cuerpo, sin ser perfecto, me llenó de deseo y pasé mi lengua por sus senos y por su vientre. Luego se tumbó y con la mano le acaricié su sexo húmedo despacio, sin prisas. Después me ayudó a desvestirme y acarició mi pene erecto antes de acercárselo hacia su sexo. Se frotó un rato con él y luego lo apretó hacia sí para que la penetrara.

Y al terminar nos dormimos.

36. MOMENTOS DIFÍCILES

Por la mañana Corina se fue a trabajar radiante y yo volví a mi hotel. Estaba confuso y tenía que pensar. Si le decía la verdad de lo que había hecho en Central Park ella nunca me lo perdonaría. Creería que me había aprovechado de ella para obtener la información de su hermano. Y en parte eso había sido cierto cuando nos conocimos en el bar de mi hotel, pero también era cierto que ya, para bien o para mal, sentíamos algo el uno por el otro, algo que tal vez no fuera muy profundo pero sí lo suficiente como para querer verla otra vez.

En el maratón de Nueva York, el kilómetro 36 está más o menos a la altura del Parque Marcus Garvey, por la 122. Aún no has llegado a Central Park y se hace duro porque vas cansado y aún te queda bastante por correr. Sabes que una vez que entres en Central Park los ánimos del público serán todavía más fuertes que en estos kilómetros entre el Bronx y el Central Park, y tienes que buscar la motivación suficiente para no bajar el ritmo.

Yo estaba ahora en un momento parecido, ya que mi mente luchaba entre las ganas de estar con Corina y el sentimiento de ser sincero con ella pasara lo que pasara. Y estaba seguro de que ella no lo entendería y que me denunciaría a la policía, porque eso es lo que debía hacer una persona normal como ella.

Descansé en mi habitación durante la mañana.

Habíamos quedado en vernos de nuevo por la tarde. Ya que yo debía irme al día siguiente, según le había dicho, ella decidió que lo mejor era estar juntos esa última noche, así que a mediodía pagué mi habitación y esperé pensando en lo que debía hacer con mi vida, con Corina, con mi huida.

Y finalmente lo decidí.

Y como si estuviera en el kilómetro 36 del maratón, hube de echar mano de toda la fuerza mental y motivación a largo plazo que encontré en mi cabeza para tomar la decisión que tomé.

No le diría nada a Corina y seguiría con el plan. Al día siguiente me iría de Washington y no sabía si iba a regresar, aunque deseaba volver pronto, y si las circunstancias me lo permitían lo haría.

Antes de encontrarme con Corina alquilé una furgoneta y compré unos buenos mapas de carretera del país.

Por la tarde, hacia las cinco, Corina me llamó y nos encontramos en su casa. Dejé mi maleta y cuando le dije que no tenía forma de quedarme más días con ella estuvimos un rato abrazados el uno al otro sin hablar. Finalmente decidimos aprovechar esas últimas horas juntos.

Dimos un paseo, cenamos e hicimos de nuevo el amor antes de dormirnos. A la vez que hermosa y excitante, aquella noche fue una de las peores que he pasado nunca, al tener en mis brazos a una mujer que me gustaba de verdad sin saber siquiera si la iba a volver a ver tras esas últimas horas.

Pensé que lo mejor sería dejar pasar el tiempo, primero para ver si podía estar tranquilo sin que me cogiera la policía, y segundo porque así vería si eso que sentía ahora era algo más serio. Yo, si todo iba bien, volvería a Nueva York al año siguiente para terminar el maratón que no me dejaste comenzar. Y quién sabe, si todo iba bien quizás podría volver a verla incluso antes si ella lo quisiera. Ojalá.

Y respecto a lo que tuve que hacerte en Central Park. Bueno, si nadie me arrestaba, si nadie me relacionaba con ello, Corina no tendría por qué saberlo nunca. Yo no era un asesino, aquello solo fue algo así como una frase entre paréntesis en la novela de mi vida, un paréntesis que nadie leería nunca, y que, tal vez, incluso a mí se me olvidaría.

Sí, eso es lo que pensé entonces. Y me equivoqué, como tantas otras veces me iba a equivocar en las siguientes semanas.

Pero necesitaba que pasara el tiempo. Debía avanzar y salir del muro. Debía llegar a los últimos kilómetros de este maratón con la cabeza llena de motivación.

35. NO SABES NI EN QUÉ DISTRAER TU MENTE

Mientras corro penosamente ya en el kilómetro 35 por la 5ª, a la altura de la 128, mi cuerpo no está para muchas alegrías. Vamos ahora bajando hacia Central Park, poco después de haber entrado de nuevo en Manhattan por el Madison Avenue Bridge, tras esa pequeña incursión en el Bronx que hemos hecho. Me duelen las piernas y me quedan todavía demasiados minutos como para exigirles un último esfuerzo, así que intento mantener el ritmo a la vez que procuro no sobrecargar aún más mis sóleos y mis gemelos. Pero es difícil seguir corriendo y a la vez no exigir a tu cuerpo lo que ya hace tiempo que no tiene.

Si bien es cierto que en prácticamente todo el recorrido el público nos envuelve y nos lleva en volandas hacia la meta final, hay algunos pequeños tramos en los que, no sé por qué, no hay tanta gente animando. Éste es uno de esos tramos y eso lo hace aún más complicado. He de echar mano de toda la motivación que tengo, por suerte mucha, para no tener que parar una vez más a estirar las piernas y debo concentrarme en dar los pasos adecuados, ni muy cortos, para no perder ritmo, ni muy largos, para no tener ningún amago de contractura.

Al pasar por el cruce con la 128, logro ver entre la gente la boca de riego en la que escondí el año pasado el dorsal con el que tenía que haber corrido el maratón que nos robaste. No me ha dado tiempo a ver si ya está reparada, pues el año pasado, tras dispararte y buscar los mejores sitios para dejar algunas cosas relacionadas con lo que hubiese sido mi maratón de Nueva York, escondí en ella mi dorsal sin usar porque vi que estaba rota y no se iba a usar por lo menos durante un tiempo. En la parte trasera del dorsal, como si fuera la firma de mi obra, escribí: "Y David venció a Goliat". Al hacerlo pensé que si alguien lo encontraba algún día sería difícil que lo relacionara con tu muerte. Pero me equivoqué. Equivocarse es algo que nos suele pasar. En la mayoría de las ocasiones nuestras equivocaciones carecen de importancia en nuestra vida, pero algunas veces estos pequeños errores que cometemos marcan nuestro futuro. Este error fue uno de estos últimos.

Así que pienso de nuevo en la boca de riego y en que es irrelevante para mi vida si ha sido reparada o no. Mi dorsal hace tiempo que no está allí metido. De hecho me lo devolvieron poco después de dejarlo allí.

Cada vez que hay un grupo de gente que me anima por mi nombre, yo estiro el brazo y choco mi mano con la de ellos en un gesto que me une a todos los neoyorquinos de una manera más íntima en un momento tan especial como es este maratón para la ciudad y para todos los que hemos venido a correrlo. Mi sonrisa lucha a veces con alguna mueca de dolor cuando las piernas chillan algo más alto, pero no puedo dejar de agradecer tantos ánimos de gente que no me conoce pero que me anima como si yo fuera alguien cercano, un amigo, no uno más de tantos miles.

Pero es duro.

Sí, es duro a pesar de que tras el famoso muro que siempre encontramos en un maratón hacia el kilómetro 30, ahora estoy en plena fase de afirmación, según se dice. La fase en la que de nuevo, poco a poco, empieza a imponerse en mi mente la idea de que esto está llegando al final feliz, de que todos los esfuerzos habrán merecido la pena dentro de menos de una hora. La fase en la que la mente empieza a olvidar, o al menos a no hacer tanto caso a los dolores físicos que hasta hace unos kilómetros eran el centro de atención.

Pero, a pesar de todo, es difícil seguir.

Sí, es difícil, como lo fue conducir hacia Annapolis sabiendo que había dejado atrás a Corina sin saber siquiera si la volvería a ver, si la volvería a besar. Como en un maratón, debía concentrarme en mi objetivo. Debía ponerme a salvo primero y luego, quién sabe. Pero en esos kilómetros difíciles de un maratón mi cuerpo es el que está mal, pero mi mente está al ciento diez por ciento y ahora era al revés. Tenía un cuerpo en plena forma pero mi cabeza no estaba, mi mente estaba apagada. Y eso, si huyes de la policía tras una acción como la mía es peligroso y te puede conducir a cometer errores.

Por eso, mientras iba por la David Hanson Highway los pocos kilómetros que me separaban de mi próxima etapa, mi cabeza olvidó las señales que limitan la velocidad a 65 millas por hora y un coche de policía se me acercó por detrás mientras encendía sus luces y me obligó a detenerme en el arcén.

En seguida recobré la total concentración que requería mi situación y rápidamente pensé en la pistola que llevaba en la mochila en el asiento de atrás. Tardé unos segundos en recordar que estaba al fondo, bajo mi ropa, por lo que, salvo que me registraran el coche y mis cosas, era difícil que la encontraran.

El policía que conducía el coche descendió del mismo y se acercó a mí por detrás para después pedirme que le entregara mi documentación. Mientras le enseñaba los papeles él no paraba de mirar hacia dentro del coche. Tendría unos cincuenta y pico años, era alto, bastante delgado y tenía un prominente bigote rubio terminado en punta. No le pude ver bien los ojos porque en ningún momento se quitó sus Ray-Ban Aviator de espejo.

Amablemente me explicó que iba a más de 80 millas por hora y le pedí disculpas mientras trataba de explicarle que mi error se debía a que en Europa era una velocidad habitual en una autopista. Acepté la multa sin protestar mientras admitía que debía ir más despacio y luego pude seguir mi camino. Me prometí a mí mismo que no cometería más errores y llegué a Annapolis al mediodía.

Tenía hambre, así que aparqué en la calle del mercado, junto al puerto, y entré en el Mc. Garvey's, un restaurante de estilo antiguo con una decoración muy agradable, y estuve allí un buen rato mientras comía algo y pensaba en mis próximos pasos para no meter la pata otra vez.

Tras la comida di un paseo por el muelle. Justo en este lugar está situada la meta de la Race Across America, carrera ciclista que había seguido unos años antes en el equipo de uno de los participantes. Aquí nos lanzamos al Atlántico tras haber recorrido en diez días todo el país desde una playa del Pacífico en el sur de California y fue como una liberación tras todas esas jornadas pensando solo en terminar la carrera.

Pero hoy no debía relajarme. Al contrario, debía estar concentrado. Paseando por el puerto me senté un rato junto a la escultura del escritor Alex Haley, el autor del famoso libro Raíces: la saga de una familia americana, en el que narró la historia de Kunta Kinte, un esclavo que llegó a este puerto desde África y que fue uno de los antepasados del escritor.

Mientras pensaba en la dura vida de aquellos esclavos, del inhumano viaje desde África a América tratados como animales, de su falta de libertad, de su sufrimiento, la lluvia que empezó a caer me devolvió a mi vida y decidí volver a la furgoneta a recoger mi mochila. Luego pagué una habitación en el Flag Hause Inn, un pequeño *bed&breakfast* en un pintoresco edificio de la Calle Randall con media docena de banderas en su fachada.

Era un lugar muy agradable. La conversación con el recepcionista giró en torno al mal tiempo y a lo raro que era para ellos tener extranjeros de turismo en esa época del año. Le conté una historia de que mi viaje era para documentarme para un libro sobre los puertos de la bahía de Chesapeake para una publicación inglesa y me dio muchísima información sobre la historia de Annapolis y sobre las ostras y el marisco de la bahía, una de las bases de la economía en esta zona del país.

Descansé un poco en la habitación y extendí sobre la cama el mapa de EE.UU. Cogí un lápiz y tracé una línea entre Annapolis y Oceanside, en el sur de California. Unos cinco mil kilómetros de carreteras y paisajes grandiosos era lo que había detrás de apenas un metro de trazo a lápiz dibujado en el mapa. Era el recorrido que hice tres años antes siguiendo la Race Across America y eran los cinco mil kilómetros que me iban a permitir que mi acto de Nueva York se diluyera en el tiempo. Iba a ser un bonito maratón en furgoneta, una bonita fuga hacia la nada.

Poco después salí a dar un paseo antes de cenar algo y, mientras estaba distraído viendo un bonito velero en el puerto, mis sentidos se pusieron en máxima alerta. Estaba seguro de que había aparcado la furgoneta correctamente, por eso me llamó la atención al ver de lejos que un policía estaba anotando su matrícula en una libreta.

Sin llamar la atención estuve observándole un rato. No parecía estar especialmente preocupado ni alterado. Anotó el número de la matrícula pero no hizo nada más. No llamó por radio ni nada por el estilo que me hiciera temer que sabía algo. Posiblemente solo era que la multa que me habían puesto en la autopista le aparecía en su ordenador y comprobaba que no había nada más.

Al alejarse miró hacia donde yo estaba y pude ver su bigote rubio y el reflejo de unas Ray-Ban Aviator.

34. EN MITAD DEL MURO

Cuando cruzas el puente de Madison Avenue en el maratón de Nueva York entras por segunda y definitiva vez en Manhattan y dejas atrás ese breve tramo en el que corres por el Bronx. Mis piernas me piden un descanso que no les puedo dar y la pequeña pendiente del puente es como una gran cuesta para ellas. Quedan más de ocho kilómetros de tortura física, pero la fuerza que me transmite el público hace que sea más leve. Intento no pensar en el dolor, intento concentrarme en saludar a la gente, en reconocer sus caras, en admirar la belleza del momento, de los rostros, del sonido de nuestros pasos chocando con el asfalto, del Sol que ya alto se abre paso entre los edificios. Hay mucha gente que a estas alturas de la carrera no puede correr más y camina hacia la meta. No importa cómo, pero lo importante es llegar y disfrutar de este día único.

De vez en cuando tomo un poco de glucosa y me tranquiliza saber que, salvo el dolor de las piernas, mi cuerpo está en bastante buen estado para llevar ya tanto tiempo corriendo sin apenas parar.

Tengo que pensar de manera positiva, concentrarme en las buenas señales que me envía el cuerpo y no hacer caso a las malas. Eso me tranquiliza.

De la misma forma me tranquilizó el ver que el policía de Annapolis, tras olvidarse al parecer de mi furgoneta, anotara después otras matrículas siguiendo la misma rutina con todas. Ok. Parecía que no debía preocuparme demasiado, pero en ese instante decidí que por la mañana temprano iniciaría mi viaje por el país. Había pensado quedarme un día más en Annapolis, pero no quise correr ningún riesgo. Lo importante no había sido tener éxito en matarte, alcalde M.B., sino que debía regresar a casa libre de toda sospecha. Tenía que huir y volver un año más tarde al país a terminar el maratón que me quitaste.

Cené unas ostras y un sándwich de pastel de cangrejo con un vino blanco de California en el Dock Street y me fui pronto a dormir. Por la mañana desayuné bien, pagué la habitación y empecé mi viaje de costa a costa a través de los Estados Unidos.

Conduciendo por las carreteras secundarias sin entrar en autopistas ves el país de otra forma. Las casas de esta parte del país, en la costa este, son grandes y están rodeadas de prados y de pequeños bosques caducifolios. El otoño estaba muy avanzado por lo que apenas quedaba rastro de la intensidad del color rojo de las hojas antes de caer al suelo en el final de su ciclo. La mayor parte de los árboles ya presentaba su aspecto invernal, pero así y todo, la belleza de algunos rincones me invitaban a conducir tranquilo disfrutando del paisaje y de la tranquilidad de estas zonas residenciales.

Enseguida pasé la frontera entre el estado de Maryland y el de Pennsylvania y no tardé en llegar a las cercanías de Gettysburg.

Este histórico lugar de los EE.UU. es realmente sobrecogedor. Casi un siglo exactamente antes de nacer yo, estas colinas y estos prados verdes se tiñeron de rojo con la sangre de más de cincuenta mil muertos en una de las batallas más famosas de la Guerra de Secesión americana a primeros de julio de 1863, a mitad de la contienda. Cincuenta mil personas muertas. Más o menos las mismas que corren el Maratón de Nueva York cada año. Cuesta creer que después de tantas vidas perdidas aún durase dos años más esa tremenda guerra.

Aquí, en los alrededores de Gettysburg, unos ochenta y cinco mil soldados de la Unión se enfrentaron a unos setenta y cinco mil combatientes del ejército confederado en una batalla que en apenas tres días terminó con tantos muertos y con la victoria de la Unión, que logró cambiar el curso de la guerra a su favor.

Al pasar por estas carreteras junto a los viejos cañones que hoy nos recuerdan aquellos días de julio de 1863, lo único que pude hacer fue apagar la radio del coche y conducir despacio, en silencio. Es un lugar hermoso, pero no sientes la belleza porque inevitablemente al pasar por allí imaginas los disparos, los cañonazos, los soldados cayendo con heridas terribles sobre la hierba y algo superior a ti hace que te sientas acongojado y empequeñecido.

Seguí conduciendo por estas carreteras silenciosas que atraviesan los prados verdes rodeados de las defensas de empalizada reconstruidas que hacen que los visitantes nos sintamos incluso más inmersos en aquellos lejanos días del horror. Recordé cuando pasé por aquí siguiendo la Race Across America. Pasamos en silencio en el coche detrás de nuestro ciclista. Apenas hablábamos y casi se oía más el ruido de la cadena de la bicicleta que el motor del coche. Es un lugar extraño, ya que a la vez que te atrae por esta atmósfera llena de quietud y recogimiento y por la belleza del lugar, no dejas de sentir la muerte que rondó por aquí y que aún se respira en cierta forma.

¿Será así la muerte, atrayente y horrible a la vez? Es extraño, pero cuando pasé junto a tu cadáver en Central Park solo sentí lo horrible del momento, el frío, la noche, tu sangre. No vi nada atrayente en aquel momento y sin embargo aquí, en estos prados de Gettysburg, todo me atraía y por eso conduje despacio, para no salir tan pronto de esta calma total que me invadía.

Me detuve un rato en el cruce entre la Millerstown Road y la Emmitsburg Road. Salí del coche y respiré hondo. La mañana era espléndida pese al frío del momento. Allí había varios viejos cañones, ahora ya mudos, y algunas estelas dedicadas a los regimientos de los dos ejércitos que se dejaron la piel por estas tierras. Aproveché para pasear un rato a lo largo de la cuneta de la carretera mientras leía las inscripciones de las estelas.

De repente, vi cómo se acercaba un coche de la policía del condado y me di cuenta de que había dejado la ventanilla de la puerta bajada y mi mochila con mi pistola estaba sobre el asiento del copiloto.

El coche se detuvo junto a mi furgoneta y aceleré el paso para llegar allí antes de que el sheriff se inquietara e inspeccionara la mochila.

Ya estaba anotando el número de matrícula cuando llegué a su altura y le pregunté si había algún problema.

—No se puede aparcar aquí —me dijo amablemente el sheriff.

—Lo siento —respondí—. Solo había salido para estirar un poco las piernas y sacar unas fotos, pero me he entretenido leyendo las estelas de los monumentos. Es un lugar tan extraordinario.

—Sí que lo es —me contestó mientras se guardaba su libreta sin anotar nada más—. Y por eso no se puede aparcar en las cunetas. Imagínese que todos los turistas que pasan por aquí lo hicieran.

—Oh, sí, me doy cuenta de ello. Ha sido sin querer, la verdad.

—Bueno, se lo paso por esta vez porque hoy no hay nadie por aquí.

Le di las gracias y seguí mi viaje. Me había jurado no cometer más errores y en el primer día de mi viaje entre las dos costas ya había vuelto a meter la pata. Me prometí a mí mismo no volver a relajarme mientras veía por el espejo retrovisor cómo el sheriff hablaba por la radio mientras me veía alejarme.

33. ¿QUÉ SENTIDO TIENE?

El maratoniano novelista japonés Haruki Murakami escribió un precioso libro sobre lo que él y todos los que como él corremos maratones sentimos al correr. Su título es De qué hablo cuando hablo de correr, y, la verdad, si corres maratones ya sabes de qué habla cuando habla de correr, y si no los corres descubrirás un mundo nuevo de sensaciones y una forma de vivir.

En una de las páginas de este libro Murakami dice: "Los maratones están para disfrutarlos. Si no, ¿qué sentido tendría que decenas de miles de personas se lancen a una carrera de cuarenta y dos kilómetros?".

Ésa es la clave. Disfrutar. Disfrutar aunque sepas que vas a sufrir.

En el kilómetro 33 del maratón de Nueva York estás en la mitad del Bronx, ese barrio tan estigmatizado que solo con oír su nombre nos hace pensar en delincuencia, drogas, marginación, desigualdad social y racismo. Por lo que nos cuentan las gentes de Nueva York, hoy en día el Bronx es un barrio mucho mejor para vivir que hace unos años, y cuando lo atravieso corriendo durante el maratón sus vecinos me saludan entusiastas como en cualquier otra parte de la carrera.

Me esfuerzo en saludar a todo el mundo, en chocarles la mano, en darles las gracias. Al girar de la 135 Este a la derecha para entrar en la Alexander Avenue suena la voz de Alicia Keys cantando a New York en la versión "Empire

State of mind" junto al rapero Jay-Z, que se ha convertido en un segundo himno de la ciudad, junto al famoso "New York, New York" de Frank Sinatra. Y, sí, Nueva York es la jungla de hormigón donde se fabrican los sueños, sueños como el de correr este maratón hoy.

Tras haber pasado el puente de la Willis Avenue, un puente con una terrible pendiente para estas alturas de carrera, mis piernas me han hecho detenerme un momento para estirarlas un poco e intentar calmar una dolorosa sensación de contracturas en un músculo. Voy sufriendo bastante, pero entre los ánimos de la entusiasta gente del Bronx y la música de Alicia Keys la frase de Murakami vuelve a hacerse realidad, una vez más, y disfruto plenamente de estos momentos.

Explica también Murakami cómo, antes de correr en Nueva York, simplemente imagina: "Cierro los ojos y me pongo a imaginar. Me imagino a mí mismo, junto con decenas de miles de corredores, atravesando Brooklyn, Harlem, las calles de Nueva York. Imagino que cruzo esos gigantescos puentes colgantes de acero. Imagino lo que siento al correr bordeando el bullicioso Central Park South, en dirección a la meta, cuando ésta ya se aproxima. Imagino esa *steak-house* a la antigua, cercana al hotel, donde comeré al acabar la carrera. Esas escenas insuflan en mi cuerpo una suerte de vitalidad serena".

Y yo me acuerdo, una vez más, de todas las personas que imaginaron durante los días, los meses anteriores a la carrera del año pasado cómo iba a ser su gran día, sobre todo para los que iba a ser su primera vez. Pienso en ellos, y compadezco a los que se quedaron con la miel en los labios y no han podido volver a intentarlo este año y tal vez no tengan la ocasión nunca más de venir.

Sí, les compadezco, como el Marqués de Bradomín, ese seductor personaje de Valle Inclán, tras su reconciliación con la Niña Chole, compadece a los desgraciados que, engañados por una mujer, se consumen sin volver a besarla. Yo sí pude volver a besarla, y me quedé con ella.

Y al recordarlos me convenzo más y más de que hice bien al hacer algo para vengarles, para hacerles justicia. Y mi acto de justicia debe quedar impune para que sea perfecto. Por ello me preocupé al ver al sheriff de Gettysburg mirando cómo me alejaba mientras hablaba por la radio.

Eché un rápido vistazo a mi mochila para comprobar, una vez más, que era imposible que hubiese visto la pistola. Poco después, me detuve para mirar el mapa y decidir dónde pararía a comer algo y a pensar mis siguientes pasos. Un McDonald's sería lo ideal. Hay mucha gente, comes rápido, pagas y te vas. Además suelen tener *wi-fi* gratuito y así podía consultar los periódicos por si había alguna novedad.

Por suerte, un poco más adelante en mi ruta por el sur de Pennsylvania, en Waynesboro, un pequeño pueblo residencial, encontré un McDonald's con un amplio aparcamiento justo enfrente del cementerio del pueblo.

Mientras comía algo consulté varios periódicos digitales de Nueva York, pero no venía nada nuevo sobre la investigación de tu muerte. Así que me tranquilicé. Pero también era muy posible que la policía no hubiese hecho públicas sus averiguaciones y que estuvieran tras mi pista. No sabía qué hacer, y lo único que se me ocurría para quedarme algo más tranquilo era llamar a Corina.

Como a ella le había dicho que me volvía a Europa, me aseguré que en mi móvil estuviera activada la opción de ocultar mi número de teléfono y la llamé.

32. SOLO UN PUENTE MÁS

Acabo de pasar el puente de Willis Avenue que conecta Manhattan con el Bronx. Ya solo queda un último puente, el de la 3ª Avenida que me volverá a llevar definitivamente a Manhattan dentro de un rato. Me quedan diez kilómetros, diez duros kilómetros. ¡Cuántos entrenamientos de diez kilómetros rápidos habré hecho! Y sin embargo ahora me parece una eternidad tener que correr diez kilómetros más.

Ya te he hablado de la Race Across America. Estuve en el equipo de apoyo de un corredor en 2010 y seguí su ruta en sentido inverso en mi huida de Nueva York el año pasado. En esta carrera diez kilómetros son como los ciento noventa y cinco metros finales del maratón, puesto que la Race Across America, la RAAM como se la conoce, son unos cinco mil kilómetros de carrera en una sola etapa. Para que te hagas una idea, el Tour de Francia suele rondar los cuatro mil kilómetros en veintiún días y en la RAAM son cinco mil kilómetros en una sola etapa contrarreloj y el ganador suele tardar unos ocho días con sus ocho noches. El último en llegar a la meta emplea unos doce días y doce noches.

Esta carrera une el océano Pacífico y el Atlántico. Sale de Oceanside, al sur de California, y termina en Annapolis, en la costa este del estado de Maryland, en el Atlántico. Se puede correr de forma individual o en equipos de cuatro u ocho corredores que se van turnando en el esfuerzo. Como te he dicho, es una contrarreloj y los corredores salen de uno en uno y no se puede ir a rueda de otro corredor.

Yo formé parte del equipo de Julián Sanz en la categoría de "Solo" en 2010. Por razones de seguridad, cada corredor debe ir seguido en todo momento por un vehículo de apoyo, y para turnarse en las labores en ese coche de apoyo cada corredor suele llevar un equipo de unas diez personas con un coche y una autocaravana. La carrera no para en ningún momento, y son los corredores quienes deciden cuándo parar a dormir un poco, no mucho. Más o menos la media suele ser de unas tres horas de paradas a dormir por cada día de carrera.

Es una forma increíble de conocer tu país, ya que se va a ritmo de ciclista por carreteras secundarias que pasan por lugares tan increíbles como el desierto de California, Monument Valley, en Utah, o Gettysburg, en Pennsylvania. La pena es que cuando vas siguiendo a un corredor no te puedes salir de la ruta para acercarte a otros sitios que quedan cerca de la ruta, como Grand Canyon, por ejemplo.

Si pienso en el maratón y las fases por las que atravesamos los corredores, como el famoso muro hacia el kilómetro treinta o la euforia de los últimos dos kilómetros, en la RAAM esto hay que multiplicarlo por cien, y son cientos los kilómetros de "muro" que han de atravesar los corredores, sobre todo en la parte central de la carrera, en las interminables rectas y llanuras de Kansas.

Así que estos diez kilómetros que me quedan, que más o menos será una hora de sufrimiento y disfrute, no me deben agobiar demasiado. Sé que una vez que esté llegando a los últimos kilómetros esta sensación de que me queda mucho y de que me duelen las piernas desaparecerá y se transformará en la ilusión desbordante que te da el terminar un maratón, y sobre todo este maratón que es único.

Terminar la RAAM tiene que ser también algo alucinante. Yo estuve allí cuando terminó la carrera por segunda vez Julián Sanz en 2010. Pero a pesar de ver su reacción, su alegría, su satisfacción, nunca podré saber lo que sintió él realmente salvo que yo mismo termine alguna vez esa carrera. Es como el maratón, pues hasta que no terminas uno no sabes que vas a sentir una alegría tan grande. Te lo imaginas, pero no lo puedes saber hasta que no lo vives en primera persona. Y una vez que lo sabes, una vez que lo sientes, solo quieres volver a sentir eso de nuevo, aunque para ello tengas que volver a entrenar tantos meses, aunque sepas que vas a sufrir, que te van a doler las piernas. Pero el sentimiento de felicidad que te da el acabar la carrera es superior a todo y estás deseando volver a estar a diez kilómetros de la llegada en tu siguiente maratón para volver a sentir todo lo que sientes en esta última parte de la carrera, pues es algo que solo lo puedes experimentar en un maratón, no lo puedes sentir entrenando ni en ningún otro lugar, solo allí, luchando con el dolor y el sufrimiento y recibiendo los aplausos del público. Y si es en Nueva York, entonces todo lo que sientes se multiplica hasta el infinito y deseas que no acabe nunca, y deseas volver todos los años, y deseas que todas estas sensaciones se queden así en tu cabeza para siempre.

—¿Corina? ¿Me oyes bien? Soy yo, David. ¿Qué tal estás?

—David, ¿de verdad que eres tú? Pensaba que nunca más sabría algo de ti.

—Pero ¿por qué dices eso? Sabes que tú me importas mucho —se lo dije sinceramente, pues era la verdad.

—Sí —dudó al responderme—, eso me pareció, pero como te marchaste tan pronto.

—No tenía opción, tenía que regresar a casa. Pero no paro de pensar que ojalá pudiera arreglar mi vida para volver allí contigo.

Charlé con ella durante un buen rato. Le pregunté por su

trabajo, por el tiempo que hacía en DC. Luego me inventé algunas cosas de un trabajo inexistente y de una vida irreal. Me dolió mentirle de nuevo.

Le dije que estaba empezando a salir a correr y así pude sacar el tema que más me preocupaba.

—Por cierto, ¿arrestaron ya al que mató al alcalde de Nueva York?

—No, no. Qué va. Precisamente hablé ayer con mi hermano y me dijo que tenían alguna pista nueva, pero que no han avanzado mucho. Creen que puede ser alguien que perdió mucho dinero con la cancelación de la carrera, quizás alguien de alguna de las agencias de viajes que llevan gente a la carrera, o algo así.

—Sí, podría ser. Seguro que hay mucha gente que se enfadó por cancelar una carrera tan importante —sí, estaba seguro de ello, pensé.

Seguimos hablando un rato sobre el tema, pero no me dijo nada nuevo y me llevé la sensación de que no estaban tras mi pista por ahora. Luego ya hablamos de cosas más íntimas y creo que mis ganas de dejarlo todo y de regresar a Washington con Corina aumentaron aún más. No sabía qué hacer, pero decidí seguir con mi plan.

Todo buen maratoniano sabe que el objetivo final es a largo plazo. Todos los pasos que das, todos los entrenamientos, los cuidados, el descanso tienen un único objeto que no es otro sino estar al cien por cien el día de la carrera. Si te lesionas debes intentar que la recuperación sea lo más rápido posible pero siempre y cuando sea definitiva. No hay que perder la vista en el objetivo final y nunca hay que intentar acelerar los pasos.

Y en mis próximos pasos debía ser metódico.

31. COMIENZA EL MARATÓN

Voy llegando al final de la 1ª Avenida. Más o menos estoy a la altura de la Calle 120 y éste es uno de estos raros lugares del maratón en los que no hay demasiado público. Es una de las zonas más duras de la carrera, porque llevamos más de cinco kilómetros de una larga recta por un asfalto en no muy buenas condiciones. Además, como suelo explicar a todos los novatos que se van a enfrentar por primera vez con un maratón, la carrera de verdad comienza más o menos entre el kilómetro 30 y el 32, o sea, más o menos estoy comenzando ahora el maratón de verdad.

Sí, ya sé que hace mucho que comenzamos a correr en Fort Wadsworth, en el puente Verrazano-Narrows, pero más o menos hasta el kilómetro 30 es fácil llegar si has estado entrenando bien para una carrera de más de cuarenta y dos kilómetros. Pero en esos entrenamientos casi nunca pasas de esta cifra y, casualmente, más o menos en el kilómetro 30, vayas al ritmo que vayas, es cuando las reservas de glucógeno en los músculos de tus piernas tocan a su fin, y si no has tenido la precaución de ir comiendo algo en esta primera parte, a partir de aquí es cuando empiezas de verdad a tener problemas para mantener el ritmo, y es cuando entras en un mundo nuevo, un mundo al que solo al llegar a esta fase en un maratón vas a conocer realmente.

Ahora las cosas son diferentes a lo que conocías. Te

empiezan a aparecer dolores nuevos en rincones de tu cuerpo en los que nunca te había dolido nada. La vista se empieza a nublar y tus reflejos se ralentizan. El menor desnivel pasa a ser un reto complicado para tus piernas, que se niegan a elevarse unos pocos milímetros más de lo que lo están haciendo para mantener el paso. Te empieza a costar hasta sonreír para devolver al público los ánimos que te da. Y menos mal que hay público, porque si no seguramente empezarías a barajar como la posibilidad más lógica el retirarte de la carrera, sobre todo si ésta es de las que te hacen pasar más de una vez cerca de tu hotel. Por suerte, aquí, en Nueva York, además de que el público es el mejor del mundo, sales de un sitio y terminas en otro, aunque, la verdad, si tu hotel está en el centro sería sencillo dejar la carrera al pasar el puente de Queensboro y seguir recto por la 60 para llegar a la zona de meta del Central Park. Pero aquí, en este maratón, retirarse sencillamente no es una opción y de hecho el porcentaje de gente que no termina la carrera es ridículo. Solo te puedes retirar por una lesión muy grave y dolorosa o algo así, pero aunque sea caminando el margen para acabar es grande no como en otros maratones que no dejan demasiadas horas para cerrar el control.

Y aquí sigo, llegando al final de esta 1ª Avenida, larga, larguísima avenida que es de las zonas más duras de la carrera para la cabeza. Tanto rato corriendo en línea recta y sobre todo en esta última parte, en la que hay menos público, se nota y el ánimo decae a la vez que el dolor y el sufrimiento físico se multiplican. Hay que ser fuerte en esta parte. Todo se pasa y hay que pensar que solo serán unos minutos más, o como mucho algo más de una hora si las cosas se complican. Y ya lo dicen todos los deportistas que hacen pruebas de fondo, como maratones o triatlones: el dolor es temporal pero la gloria y la satisfacción son para siempre. Estos momentos duros terminarán tarde o temprano, pero la alegría que sientes al terminar se queda contigo para siempre.

También en el libro de Murakami comenta una frase similar que decía alguien que corría maratones: "El dolor es inevitable. Sufrir es opcional". Puede ser. Al correr un maratón vas a sentir no un dolor, sino muchos dolores. Aquí, en la 1ª Avenida me duelen ya varias cosas, pero el sufrimiento es una opción que no contemplo, pues la alegría de llegar aquí, a este punto del maratón de Nueva York, de sentir lo que es el ambiente del mejor maratón del mundo, hace que el dolor no te haga sufrir, y si te hace sufrir no te importa, y si te importa entonces no vas a estar aquí, no vas a correr un maratón, no.

Nunca olvidaré el momento en que, de nuevo, me despedí de Corina. Cuando colgué el teléfono estuve a punto de dejarlo todo y conducir hasta ella. Se me estaba haciendo muy dura esta parte de la carrera y, al contrario que en el maratón, ahora sí que estaba sufriendo de verdad.

Terminé de comer, pedí un café y emprendí de nuevo el viaje hacia no sabía muy bien dónde. Los siguientes kilómetros los hice sin enterarme, mi cabeza solo pensaba en Corina, en abrazarla, en besarla una vez más, y no pensé en otra cosa durante un buen rato.

Acababa de dejar el estado de Pennsylvania y tras un corto paso por Maryland ya entraba en West Virginia cuando desperté de mis tristes pensamientos amorosos al ver que una luz roja se encendía en el panel de mi furgoneta avisándome de que debía repostar. Paré en una pequeña estación de servicio en Bridgeport, frente a la Iglesia de Todos los Santos y llené el depósito.

Estaba yo solo en la gasolinera y mientras el encargado contaba los dólares que me tenía que devolver llegó una vieja pick-up negra medio destartalada. Dos críos corrieron hacia los servicios y un tío enorme y gordísimo salió de la pick-up y empezó a llenar el depósito.

Me fijé bien en él, porque enseguida empezó a vociferar mientras maldecía a la furgoneta y a sus hijos. Llevaba una ropa vieja y sucia, al igual que los críos, y se notaba que llevaba días sin ducharse adecuadamente.

Cuando acabó de llenar el depósito se acercó a la caja. En ese momento me fui al servicio y pude oírle discutir con el encargado por el precio de la gasolina y por alguna otra tontería. Mientras yo entraba al baño, salieron los dos críos gritando y su padre les echó una buena bronca por armar un escándalo.

Desde donde yo estaba pude oír que uno de los críos empezaba a llorar, y al salir vi cómo ese tío enorme zarandeaba de forma muy violenta al niño y le abofeteaba sin miramientos. El encargado de la gasolinera trataba de explicarle que no se preocupara por la chocolatina que había cogido el niño sin el permiso de su padre, que no se la iba a cobrar, pero no pareció que le importara mucho al energúmeno porque le dio una patada al niño mientras le gritaba que se metiera en la pick-up.

Parecía que la cosa se calmaba, pero mientras yo me sentaba en mi furgoneta y ordenaba mis cosas, vi que el hombre se metió en su pick-up y empezó de nuevo a gritarle al pobre niño, que no tendría más de ocho años, y que trataba de no llorar delante de su hermano pequeño.

Ya me iba a ir cuando vi por el espejo que el hombre se giraba hacia su hijo y le dio un tremendo puñetazo sin ningún miramiento.

Apenas pude contener la rabia al ver ese gesto injusto tan salvaje y tan cobarde y metí la mano en mi mochila y cogí la pistola. Pensé que si yo había sido capaz de hacer un acto de justicia contigo, alcalde M.B., qué menos podía hacer ahora que dejarle claro a ese despreciable malnacido lo que es ser justo con un niño.

Salí del coche y me dirigí hacia la pick-up mirándole a los ojos a ese hijo de puta con expresión de odio. Ya iba a sacar la pistola del bolsillo para darle una lección cuando vi que por la carretera aparecía un coche de la Policía de Bridgeport con las luces de emergencia encendidas.

Disimuladamente regresé a mi furgoneta y cuando el coche de policía se acercó a la pick-up comprendí que el encargado había llamado a la policía al ver el puñetazo al niño.

Esperé un rato hasta que vi cómo le llevaban detenido al maltratador y el encargado salió después y se llevó a los niños adentro. Por lo que hablaban comprendí que no era la primera vez que pasaba eso. Me compadecí de los críos y seguí mi camino.

Antes te he comentado que en la vida a veces coges el desvío equivocado y eso te marca el futuro. A veces, algunas veces, sabes en qué momento decidiste tomar o no un desvío. Es un acto consciente del que te sabes responsable y lo asumes. Pero otras veces hay giros en la vida que tomas sin darte cuenta, sin ni siquiera pensar en ellos. Y después, a veces mucho después, conoces los resultados de esos giros y te percatas de hasta qué punto han influido en tu futuro.

Esa tarde en la gasolinera de Bridgeport, sin yo saberlo, acababa de tomar uno de los desvíos más importantes en la senda de mi vida.

30. LA LETAL MONOTONÍA

Después del incidente de la gasolinera en Bridgeport decidí parar a dormir allí mismo esa noche. Ya era tarde, llevaba todo el día conduciendo y entre el susto del policía de Gettysburg y la rabia por el maltratador de niños me encontraba ciertamente cansado. Por suerte no tardé en encontrar un motel a la salida del pueblo. Se llamaba Motel Towne House. No era nada del otro mundo. Un edifico alargado de dos plantas con una zona amplia para aparcar. Suficiente.

Me dieron una pequeña habitación. Dejé mis cosas y me duché para intentar relajarme un poco. Luego salí a dar un paseo y como me entró hambre cené algo ligero en el restaurante Twin Oaks, justo al lado del motel. Tras la cena, subí a mi habitación, me cambié y me acosté en la cama. Estaba agotado, pero la intensidad del día no me permitió dormir hasta casi un par de horas después de apagar la luz de la habitación.

Estaba profundamente dormido cuando alguien empezó a golpear en la puerta. Casi dormido logré encontrar el reloj en la mesilla. Miré la hora. Solo eran las siete de la mañana. Ya sé que los americanos madrugan mucho, pero, joder, yo no tenía prisa y maldije al que me despertó tan bruscamente de mi sueño.

Con dificultad para abrir del todo los ojos encendí la luz y me acerqué a la puerta mientras intentaba explicar a quien quiera que fuera que me diera un minuto. Abrí la puerta y el corazón me empezó a latir desbocado por el sobresalto.

A la altura de la Calle 103 paso junto al cartel del kilómetro 30 de carrera. Es una bonita cifra que por un lado me da ánimos porque ya he hecho una gran parte de la carrera, y por otro lado me asusta porque queda mucho, queda lo peor y sé que a partir de ahí lo puedo pasar realmente mal.

Tomo un par pastillas de glucosa y bebo un buen trago de agua en el avituallamiento. La verdad es que en esta carrera hay muchos puestos de avituallamiento y los voluntarios que nos sirven son muy amables y muy entusiastas. Les agradezco de corazón sus atenciones y sigo corriendo por la 1ª Avenida. Mucha gente ya camina más que corre. En otros maratones no te puedes permitir el lujo de caminar a partir del kilómetro 30, porque sería casi imposible llegar antes del cierre de control. Pero aquí, en Nueva York, el control se cierra muy tarde y para muchos corredores es factible acabar la carrera aunque tengan que caminar una buena parte del recorrido. Seguramente ésta es una de las razones para que sea tan popular correr aquí, sobre todo para los americanos.

Voy mirando el rostro de la gente que me anima. Es la única manera de vencer esta letal monotonía de estos interminables kilómetros por esta avenida. Además, el asfalto aquí no es muy bueno y es incómodo correr.

La verdad es que por un lado quisiera que algo rompiera el bucle interminable de este tramo tan monótono que solo consiste en correr, saludar, comer algo y esperar que los dolores no te fastidien demasiado. Estoy entrando en la fase de la desesperación en cualquier maratón, cuando ya el cansancio se nota claramente y cuando por delante tienes aún mucho recorrido. Es, seguramente, la fase más dura que se inicia en el muro y no termina hasta que empiezas a sentir cómo te va llegando la euforia a medida que te vas acercando a los kilómetros finales.

Sí, es difícil no pensar en otra cosa que no sea el soñar con que algo te distraiga y haga que esta difícil fase pase lo más rápido posible.

Pero por otro lado prefieres que todo siga así, pues esto te permite entrar en un estado de flujo que hace que pase el tiempo sin pensar demasiado en si te duele algo o en si vas mal. Es difícil de explicar si no lo has sentido en tu propio cuerpo, pero a veces, cuanto más dura es la experiencia más fácil es entrar en ese estado que hace que el tiempo fluya sin que lo notes, que avance por sí solo, sin que tú vayas con él.

Además, cuando has planificado algo, un maratón, un viaje, una fuga tras matar a alguien, lo peor es que pasen cosas imprevistas que te estropeen el plan. Sí, siempre procuras tener un plan B por si pasa algo. Pero para tener un plan B para las contingencias primero tienes que prever qué contingencias te pueden ocurrir. Por ejemplo en un maratón tienes previsto qué hacer si hace mal tiempo, o tienes previsto cómo abordar los kilómetros de cada tramo según te encuentres mejor o peor. O incluso tienes previsto dónde puedes abandonar la carrera si te surge algo que te impida seguir corriendo, como un esguince o algo así.

Pero yo no podía tener un plan B para lo que llamó a mi puerta del motel de Bridgeport esa mañana, de la misma forma que no se puede tener un plan B para la cancelación del Maratón de Nueva York a dos días de la carrera.

De pie junto a la puerta y con la mano izquierda apoyada en la pared me encontré de golpe con el policía alto y delgado y de bigote rubio que me había parado en la David Hanson Highway. El mismo que anotó la matrícula de mi furgoneta en Annapolis. Al verlo ahora de cerca me llamó la atención lo delgado que estaba, puesto que la mayoría de los policías que se ven en los EE.UU. están bastante gordos, por lo menos en Nueva York.

A pesar de que era temprano y el cielo estaba algo cubierto, seguía con sus Ray-ban Aviator de espejo puestas. Estuvo un rato sin decir nada y finalmente habló.

—¿Es suya esa furgoneta de ahí fuera? —me preguntó señalando al lugar donde tenía aparcada mi furgoneta.

—Sí. Bueno, es alquilada —contesté balbuceando sin poder apenas reaccionar.

—Bien. No es que haya hecho usted nada malo —empezó a explicar sin cambiar su rostro ni un momento—, pero creo que tengo algo que es suyo, David.

Mi corazón seguía sin poder frenar su alocada aceleración, y si no latió aún más fuerte al oír que me llamaba por mi nombre y al ver lo que tenía en su mano fue porque ya no podía ir más rápido.

Miré hacia el armario donde había dejado mis cosas y mi pistola, pero él se adelantó a mis pensamientos.

—Sé que tiene un arma —añadió sin inmutarse en absoluto—. No le recomiendo ni que piense siquiera en hacer uso de ella. En primer lugar no le daría ni tiempo a acercarse para cogerla, y además si me dispara todo su plan se vendría abajo, no podría escapar no ya del país, ni siquiera de este condado.

Me quedé paralizado. Podía saber quién era yo porque me había pedido mi documentación en la David Hanson Highway camino de Annapolis, pero, ¿cómo podía saber que yo tenía un plan y cómo tenía en su poder lo que tenía en su mano? Pero no me dio ni tiempo a pensar en nada más porque volvió a tomar la palabra.

—Además —prosiguió—, no le conviene intentar acabar conmigo o escapar de mí. No solo se estropearía su plan, sino que no podría ver nunca más a esa guapa chica de

Washington –y según acababa esta frase alargó su mano y me dio el dorsal número 35.855 del ING NYC Marathon 2012, el dorsal con el que debí haber corrido la carrera que anulaste, alcalde M.B., el dorsal en el que venía impreso mi nombre completo, el mismo que escondí en una boca de riego estropeada en el kilómetro 35 del recorrido y en el que había escrito "Y David venció a Goliat".

Tomé el dorsal entre mis manos y me senté, derrumbado, en la cama. Mi cabeza trataba de pensar a toda velocidad. ¿Cómo ha encontrado el dorsal? ¿Quién es este policía? ¿Es un poli de verdad? ¿Cómo sabe lo de Corina? ¿Por qué no me detiene si sabe quién soy yo? ¿Cómo sabía que me encontraría aquí? Tenía tantas preguntas que me era imposible concentrarme en ninguna de ellas.

Tranquilamente se sentó en la silla que había junto a la mesa de la habitación. Estiró las piernas en un gesto relajado y cruzó las palmas de sus manos sobre su regazo.

–Dos horas, cuarenta minutos –dijo de repente mirándome con una sonrisa.

–¿Qué...? ¿Qué dice? –me quedé sin reacción, no sabía de qué me estaba hablando.

–Dos horas, cuarenta minutos y cinco segundos. Es mi mejor marca en un maratón –y aquí se le escapó un gesto de orgullo–. Fue en Boston el año 2002. También he corrido en Nueva York varias veces. Es una gran carrera. Fue una pena lo del Sandy. Nos hizo mucho daño.

Empecé a entender, o creí empezar a entender. Seguramente él también iba a correr la carrera que nos anulaste y también estaba enfadado contigo, tanto como para que no le pareciera del todo mal lo que yo había hecho.

–Bueno –le dije mientras empezaba a tranquilizarme y a pensar con más claridad–. En realidad a mí no me fastidió demasiado no correr la carrera, puedo volver el año que viene.

—Sí —no sé por qué pero al decirle yo que no me molestaba el volver al año siguiente se puso más tenso—. Hay mucha gente que puede volver el año que viene. Pero no todos pueden.

Estuvo sin decir nada unos segundos, pero a mí me parecieron horas. Luego respiró hondo y siguió hablando.

—Mire, David. Me llamo Peter Cardigan. Soy policía en Nueva York y estuve en la investigación inicial del asesinato del alcalde. Todos estábamos convencidos en un primer momento de que alguien se había vengado de él por algún asunto de política o de negocios. Era lo más normal. Pero en cuanto supimos lo del número 42,2 grabado en la bala que lo mató empezamos a sospechar que el asunto tenía algo que ver con el maratón. Estaba claro. Mucha gente había perdido dinero, sin contar con los miles de corredores cabreados.

»Somos bastantes los compañeros del cuerpo de Policía de la ciudad que somos corredores. Sabemos la frustración que debieron de sentir todos después de meses de preparación. Y yo lo sabía mejor que nadie. Yo llevo toda la vida corriendo y he corrido varias veces en Nueva York, pero mi mujer, Susan, empezó a correr hace dos años y éste iba a ser su primer maratón. Bueno, su primer maratón, y el último.

Se detuvo de nuevo y otra vez pasó un largo tiempo hasta que se frotó los ojos con los dedos y siguió hablando:

—En abril le detectaron un cáncer avanzado, y los dos nos habíamos jurado correr juntos el maratón de este año. Era lo que la mantenía viva, lo que le daba la ilusión. Últimamente casi no podía correr y en nuestros entrenamientos caminábamos más que corríamos. Pero no le importaba. Sabía que podía acabarlo y cada día, cada semana desde hace unos meses su mayor ilusión era correr por Central Park. Apenas soñaba en otra cosa que no fuera en cruzar la meta del maratón. Por eso, cuando el viernes previo a la carrera nos enteramos de la suspensión, Susan se quedó derrotada, sin fuerzas. Dejó de luchar. Murió pocos días después –dijo dando un largo suspiro y se levantó.

»Cuando encontraron el cadáver del alcalde casi me alegré de su muerte, y cuando nos enteramos de lo del número en la bala y se relacionó el asunto con el maratón pensé que alguien había hecho justicia. Pensé en Susan y me alegré. Lo confieso. Me alegré mucho.

»Los compañeros de homicidios peinaron el parque, pero no encontraron más pistas. Yo fui el único que pensó en revisar no solo el parque, sino el recorrido entero del maratón. No tuve suerte hasta que en la esquina de la 128 con la 5ª se me ocurrió mirar en una boca de riego rota y encontré el dorsal con esa rara inscripción. Uno y uno dos, pensé. Se me iluminó todo y al leer el nombre de David Martín en el dorsal número 35.855 pensé en que fuera quien fuera David Martín no podía ser sino un enviado divino, un justiciero, un benefactor.

»Me guardé el dorsal y no se lo conté a nadie más. Si David Martín era el que había matado al alcalde por mí estaba bien así y no tenía por qué saberlo nadie más.

Me quedé mirándole un buen rato mientras él me miraba con un rostro relajado. Seguía con sus Ray-Ban puestas, por lo que no le veía los ojos, pero vi cómo se quitaba una lágrima con el dedo índice de la mano derecha.

Yo no sabía qué decir. Podía negarlo todo, decir que tiré el dorsal a la boca de riego porque ya no me valía de nada y que yo no tenía nada que ver con el asunto del alcalde.

Y como si me leyera el pensamiento volvió a tomar la palabra.

–Sé que fue usted. Me decepcionaría que ahora quisiera hacerme creer que no tuvo nada que ver con el tema.

Cuando encontré el dorsal llamé a un amigo mío que trabaja en el JFK en Inmigración y le pregunté a ver si alguien con ese nombre había entrado en el país por el aeropuerto los días previos a la muerte del alcalde. Por supuesto a él no le conté nada del tema, me inventé un tema de contrabando. Cuando me confirmó que había un tal David Martín que había pasado por allí proveniente de Europa en esas fechas deduje que había vuelto para vengarse del alcalde.

»Luego hice mis indagaciones por la ciudad, por el registro de los hoteles y lo encontré en un hotel del centro. Me dijeron que se había ido esa misma mañana y como no había pasado por el aeropuerto miré las compras de billetes de tren y autobús. Así supe que había ido a Washington.

»Sentí curiosidad y fui hasta allí. Enseguida averigüé en qué hotel se había hospedado. Es lo bueno de este país, es difícil que un extranjero haga algo sin que lo sepamos. Le estuve observando los días que pasó en la ciudad y le vi cuando comenzó su amistad con esa chica. Ella me recordó mucho a Susan, así que cada vez me caía usted más simpático.

»Y ya sabe que le he seguido hasta aquí. Ya sabe casi todo.

Dejó de hablar y se quitó las gafas para limpiarlas. Sus ojos eran azules y su mirada era penetrante, una mirada que transmitía serenidad a la vez que imponía respeto. "Una buena mirada para un policía", pensé.

—Y ahora, ¿qué es lo que quiere de mí? —le pregunté intrigado.

Si me había seguido hasta allí, si me había devuelto mi dorsal y no me había denunciado supuse que había algo más detrás de todo aquello. No era solo que quisiera conocerme, que estuviera agradecido por lo que yo había hecho. Debía de haber algo más.

Pensé también en el resto de pistas que dejé por el recorrido. La medalla no importaba, ya que no tenía ninguna inscripción y había cincuenta mil iguales. Pero la camiseta podía dar a alguien alguna pista más, aunque tampoco nada importante, pues lo único que podía relacionarla conmigo era la bandera de mi país. Seguramente reduciría mucho el número de sospechosos, si es que alguien la encontraba y la relacionaba con la muerte del alcalde. Respecto al número de dorsal que escribí en la farola de Central Park, era muy difícil que lo encontraran, pero si alguien tenía la misma idea que Peter Cardigan, el policía de las Ray-Ban, y era tan listo como él, podría dar conmigo también. Aunque, pensé, tampoco hubiese sido muy raro que un participante escribiera allí su número de dorsal como recuerdo del maratón. Solo eran pistas circunstanciales.

29. UN CAMBIO

Estoy a la altura de la 97. Ya he pasado la mitad de este interminable tramo por la 1ª Avenida y quisiera que algo cambiara esta monotonía. Un giro estaría bien, pero aquí no hay. Esto es como Kansas en la RAAM, pero a una escala más humana. Es una zona muy dura en el maratón, en cualquier maratón. Pocas veces he corrido en un entrenamiento tantos kilómetros, y ahora mis piernas no solo llevan todos estos kilómetros corriendo, sino que empiezo a notar la fatiga por el madrugón y me quedan por delante demasiados kilómetros aún. Menos mal que hay público, menos mal que aquí el público es muy entusiasta, menos mal…

El conocer a Peter Cardigan fue un gran cambio para mí. Yo tenía un plan y él me obligó a modificarlo. Fue arriesgado seguirle el juego, pero no podía hacer otra cosa, estaba completamente en sus manos. Él sabía quién era yo y lo que había hecho, y yo no podía hacerle nada. Sí, pensé en acabar con él y eliminar lo único que podía estropearme mis planes, mi vida. Si él moría, casi seguro que nadie más podría encontrarme y acusarme de tu muerte.

Pero él era un policía, y si matar a un alcalde y que no te cojan es difícil, matar a un alcalde y a un policía americano y que no te cojan es casi imposible. Si acababa con él era casi cuestión de tiempo que dieran conmigo, me escondiera donde me escondiese.

Y además, yo no quería hacerle daño a Peter Cardigan. Él no me había hecho nada malo, él era otra víctima de tu decisión de cancelar el maratón. Y no solo no me había hecho nada malo, sino que al devolverme mi dorsal había hecho desparecer la mejor pista que podría tener alguien para investigarme.

No. No iba a hacerle nada a Peter Cardigan, pero él sí quería hacer algo conmigo. Algo que podía ser peligroso para mí.

—Escúcheme, David —comenzó a hablarme de nuevo de forma pausada y se adelantó un poco en la silla para que yo le prestara más atención—. Estos días que he ido detrás de usted pensé que solo le daría el dorsal y que le daría las gracias. Ésa era mi intención, créame.

»Pero ayer, cuando paró usted en la gasolinera de aquí al lado yo estaba escondido al otro lado de la calle cuando vi cómo maltrataba ese energúmeno a su hijo. Me fijé en usted. Vi que si no llega a aparecer el coche del *sheriff* seguramente usted hubiese solucionado el asunto. Sé que cogió su pistola, lo pude leer en su mirada. Ese maldito hijo de perra se lo hubiese merecido. Seguramente hoy estará de nuevo en libertad pegando a su familia. Si no llega a aparecer el *sheriff* seguramente hoy sus hijos vivirían más tranquilos.

Una vez más se detuvo, respiró hondo y se masajeó con los dedos los ojos. Estaba tratando de decirme algo importante y parecía que estuviera eligiendo cuidadosamente sus palabras.

—David —prosiguió—, no sabe lo difícil que es a veces ser un policía, sobre todo en una ciudad como Nueva York. No sabe lo frustrante que puede ser el estar persiguiendo a un cabrón, un ladrón, un delincuente, jugarse el pellejo para llevarle ante un juez y ver que en pocos días está de nuevo en la calle porque su abogado es muy listo. Es cierto que la ciudad está hoy mucho mejor que hace veinte años, pero nos queda mucho trabajo que hacer todavía.

»Muchas veces, cuando persigo a algún hijo de puta que sé que no hace otra cosa sino joder la vida de mucha gente honrada estoy deseando que se pare y me apunte con su arma. Sé que está mal decirlo, incluso pensarlo, pero a veces me gustaría tener la mínima excusa para meterle un tiro en la cabeza a más de uno. Sí, está mal que yo lo diga, pero es lo que pensamos muchos polis. Un delincuente menos, y además ahorraríamos dinero a los contribuyentes. Menos juicios y menos gente en la cárcel, ya me entiende.

»Sí. Me gustaría poder hacerlo muchas veces, pero sé que no puedo, soy un policía, soy un representante de la ley. Pero confiese que cuando ve una película de policías se alegra cuando al final el poli se carga al malo, ¿no es así? No diga que no, es lo que nos pasa a todos. Por eso nos gusta que las pelis acaben así, con un balazo que termine con el malo.

Yo empecé a sentirme nervioso, más aún. No sabía lo que me estaba contando, pero empecé a hacerme una idea, y no me gustaba nada. Tenía razón en lo de las pelis. Sí, a mí también me gusta que Harry "el Sucio" liquide a los malos, pero en las películas. En la vida real prefiero las formas de solucionar los problemas del Clint Eastwood de "Gran Torino". Creo que lo de tomarnos la justicia por nuestra mano podía estar bien en el Oeste del siglo XIX, o en la exageración de la violencia de películas como las de Charles Bronson y su personaje de justiciero de la ciudad.

Sí, ya sé que es curioso que sea yo el que te diga esto, después de lo que te hice. Pero, hombre, eso fue diferente.

Alguien tenía que hacerlo, por pura justicia. Además, lo mío contigo fue algo personal, por lo que nos habías hecho a mí y a todos a los que nos robaste la ilusión, pero el que un poli se cargue a un delincuente no me parece del todo correcto.

Aunque es verdad que tampoco podemos ser tan hipócritas de decir que la violencia siempre está mal, porque en realidad a todos nos parece bien que se use en ciertas ocasiones. Hay veces en las que puede que no sea tan mala la violencia. ¿O es que a alguien le hubiese parecido mal asesinar a Adolf Hitler antes de la segunda guerra mundial? No sé, creo que nunca se puede ser demasiado ortodoxo en estos temas. Sí, la violencia gratuita está mal, torturar a alguien está mal, pero, como le escuche una vez decir a un obispo, supongamos que la policía ha detenido a un loco que ha puesto una bomba en un colegio de una ciudad. Solo él sabe cómo desactivarla a distancia antes de que explote y no hay tiempo para desalojar ningún colegio de la ciudad. ¿Alguien se opondría a que la policía le torturara para evitar la muerte de niños inocentes?

Sí, yo antes de dispararte nunca había hecho daño a nadie, pero cuando maté a aquel perro asesino rompiéndole la cabeza confieso que sentí algo dentro de mí que me hizo disfrutar. Al tercer o cuarto estacazo que le di ya estaba muerto, pero seguramente fueron casi más de diez los golpes que le propiné y me alegré de cada uno de ellos, me alegré al verle allí, muerto, sin poder hacer daño a nadie más.

Y en cuanto al tío de la gasolinera... No sé si hubiese llegado a dispararle, pero estaba deseando ver su cara cuando le apuntase con mi pistola, quería verle sufrir, quería verle tener miedo.

—Bien, David —dijo Peter mientras se levantaba. Luego se

acercó a la ventana. Las nubes se iban retirando y se adivinaba que iba a hacer un día magnífico, aunque se notaba que era una fría mañana todavía–. Yo no puedo hacer todo eso que me gustaría hacer a veces, pero usted sí que puede hacerlo por mí. No me diga que no le gustaría, porque vi lo que estaba dispuesto a hacerle al tipo de la gasolinera. A usted le gusta tanto como a mí que se haga justicia.

Mis peores temores se cumplieron. No sé exactamente qué es lo que quería que hiciera por él, pero estaba claro que sería algo ilegal y peligroso para mí. Yo solo pretendía acabar contigo y volver a casa. Quería que todo se olvidara para poder correr por fin el maratón de Nueva York y tal vez para poder reunirme con Corina. Pero lo que me planteaba Peter podía terminar muy mal para mí. Probablemente en la cárcel, o en el corredor de la muerte. O tal vez muerto por alguien más rápido que yo. No sé qué quería Peter, pero no me gustaba, y lo peor es que no se me ocurría cómo escaparme de todo aquello. Me tenía en sus manos, así que decidí no ponerle pegas y tal vez podría huir de él de alguna manera en los próximos días o semanas. Sí. Decidí que lo mejor sería que él creyera que estaba de acuerdo y a la mínima ocasión tomaría un avión para salir del país.

Luego pensé que si huía de él entonces seguramente no podría volver nunca más a EE.UU., ya que Peter me denunciaría y volver sería condenarme. Todo era muy confuso y solo pude decirle que de acuerdo, que haría lo que él me pidiera.

—Bien —comencé a hablar—. Dígame qué quiere que haga y cómo lo haremos. Ya sabe que si uso mi pistola no tardarían en localizarme, así que, sea lo que sea, lo mejor sería que usted me proporcionara otra arma, alguna que no haya sido usada en ningún crimen.

—No se preocupe por eso —me interrumpió—. Usted solamente tiene que decirme cuál es el plan que tiene, qué ruta está siguiendo. Yo estaré siempre cerca de usted, aunque no me vea. Y ya le avisaré cada vez que tenga usted que actuar. Si hace lo que yo le digo no le pasará nada. Nadie podrá relacionarle nunca con nada y podrá volver a su vida, podrá besar de nuevo a la chica de Washington, podrá volver a correr el Maratón de Nueva York.

Y así, durante una buena parte de la mañana estuvimos delante de los mapas que yo había comprado.

Después, simplemente se marchó.

28. ADAPTACIÓN

Nueva York, Manhattan, puede parecer una ciudad bastante llana si se recorre en coche o caminando. Pero cuando corres, sobre todo siguiendo alguna de sus largas avenidas, como me pasa ahora en la 1ª Avenida, te das cuenta de que bajo tanto cemento hay un montón de colinas. Y no es casualidad que esta isla se llama así, Manhattan, puesto que en el idioma lenape, el que hablaban los indios Delaware, los nativos de esta zona de América que habitaban aquí antes de que llegara el hombre blanco, Manna-hatta significa "isla de muchas colinas". Siempre se aprende algo en cada viaje, y correr el Maratón de Nueva York es una buena forma de aprender mucho sobre esta ciudad.

Casualmente en este kilómetro 28 de la carrera acabo de culminar una de las colinas que hay bajo el asfalto de esta 1ª Avenida, una calle muy ondulada, por cierto. Esto alivia un poco el sufrimiento de mis piernas, que se quejan demasiado. Espero tener fuerzas para seguir sin hacerles mucho caso hasta Central Park.

Miro un momento para atrás y veo a miles de personas que me siguen, más o menos al mismo ritmo cansino que voy yo. Me anima el pensar que yo ya he pasado por allí. Pero si vuelvo a mirar hacia delante, al ver a otras miles de personas que me preceden vuelvo a la realidad de que aún me queda mucho, muchísimo.

Para animarme sigo chocando la palma de la mano con

todas las personas que me animan, y doy las gracias cada vez que alguien me grita "Go, David, go". Mirar a los ojos del público en una carrera es una buena forma de distraerte de tus pensamientos, de tus males. La gente que miras te sonríe y te anima aún más si cabe. Y así pasan los kilómetros de forma mucho más llevadera, casi como si no estuvieras corriendo tanto tiempo, como si solo hubieras salido a rodar un rato suave, para distraerte un poco.

Mirar al público en Nueva York te hace sonreír también, puesto que entre los centenares de pancartas y carteles que hay para animar a los corredores hay algunos muy ocurrentes. Por ejemplo, en un cartel que me ha llamado mucho la atención ponía "Tú lo empezaste, pues tú lo acabas". Otra frase que se ve bastante dice algo así, con algunas variantes, como "Tienes cerveza en la meta". Una chica muy guapa sostenía un cartel con la frase "Los corredores de maratón son sexys". Me han dado ganas de parar y pedirle su teléfono. Pero la que más me ha gustado ha sido una pancarta que he visto en una de las zonas duras del recorrido y que decía "A que ahora ya no te parece tan buena idea correr el maratón".

Son muy graciosos en Nueva York, y eso se agradece mucho cuando ya vas cansado. Así es más fácil terminar.

Otro truco que suelo emplear para distraerme un poco es analizar a los demás corredores. Sobre todo en carreras como ésta, en la que participa gente de todo el mundo y de toda condición, no es difícil ver a gente curiosa a tu lado.

Muchos llevan alguna frase escrita en la camiseta. Frases que muestran a los demás por qué están corriendo, pues hay muchos que lo hacen para recordar a alguien querido y que ha fallecido recientemente. O frases de motivación, del tipo: "Si crees que correr un maratón es duro, prueba a vivir con mi enfermedad" o algo así.

Luego hay gente que simplemente parece que esté un

poco pirada, gente que corre con algún disfraz absurdo, como una chica que he visto con un velo de novia en la cabeza. Me ha hecho gracia y le he preguntado si se quería casar conmigo. Me ha sonreído y ha seguido corriendo.

Aquí se ve también a mucha gente patriótica corriendo con una gran bandera americana, algunos en honor de algún soldado, o de los bomberos de Nueva York que murieron en el 11-S.

La verdad es que, viendo a la gente, al público y a los corredores, se pasa el tiempo mucho más rápido. Te adaptas al momento y simplemente corres.

Correr aquí es algo grande. Es único.

Cuando Peter se marchó del motel me quedé un buen rato sin saber qué hacer. Por muchas vueltas que le diera al tema, al final siempre llegaba a la conclusión de que no tenía más remedio que hacer lo que él me había dicho. Estaba convencido de que si Peter no decía nada de mí nadie me relacionaría con tu muerte. Así que las únicas dos opciones eran o seguirle el juego a Peter y hacer lo que él me había propuesto, o no hacerle caso e intentar huir del país antes de que me denunciara.

Si le seguía el juego seguramente me pondría en peligro, pero algo me decía que él me ayudaría a salir airoso de cuantas dificultades me encontrara. Sí, es verdad que tendría que hacer cosas que no hubiera pensado nunca en hacer. "Pero, ¿qué diablos?" -pensé. Peter tenía razón. Si no había dudado en disparar a alguien como tú, a alguien poderoso, si había preferido ponerme en riesgo por realizar un acto de justicia tal y como yo lo veía, ¿cómo no iba a poder realizar otros actos de justicia con personas por las que seguramente nadie derramaría ni una sola lágrima?

Y estaba convencido de que no podría escapar de Peter. En cuanto pusiera rumbo a un aeropuerto o me desviara del plan de viaje que habíamos consensuado, Peter no tendría más que llamar a sus amigos y me detendrían y me acusarían de tu muerte. Y eso significaría mi final, años de cárcel, tal vez pena de muerte, y nunca más podría ver a Corina, nunca más podría correr en libertad. No. Ésa no era una opción.

Así que simplemente me adapté al recorrido y seguí corriendo.

27. IN VINO VERITAS

En la esquina de la 1ª Avenida con la 74, por donde voy corriendo ahora intentando no pensar en la larguísima recta que tengo por delante, hay una tienda de vinos llamada Baccus y en la que en letras grandes aparece el famoso proverbio en latín "in vino veritas". Esta frase se le atribuye a Plinio "el Viejo" y a todo el mundo se le olvida la segunda parte que dice "et in aqua sanitas". O sea, en el vino está la verdad y en el agua la salud.

Ahora, corriendo el maratón, hago caso solo a la segunda parte y en cada avituallamiento bebo agua y como algo, pero unos meses atrás, después de pasar el día en el motel de Bridgeport ordenando mis pensamientos, salí a cenar algo al Oliverio's Ristorante, un italiano que había junto a la gasolinera, aunque más que comer lo que hice fue beberme una botella de vino Levendi Symphonia de California acompañando a una ensalada César y un Filet diAngelo.

Según la etiqueta este vino tenía un aroma profundo y un color púrpura oscuro y el olor debía recordarme a la fruta negra tostada y a cereza con un toque de vainilla. No lo sé, seguramente fuera así, pero estaba rico, así como la comida, y la botella quedó vacía. Mi cabeza quedó un poco embotada, así que volví al motel y dormí toda la noche de un tirón.

Por la mañana recogí mis cosas, pagué la habitación y reanudé mi viaje.

Durante todo el día conduje tranquilamente por Virginia Occidental y por Ohio. Fui despacio, disfrutando del paisaje, cada vez menos ondulado y menos poblado.

Pensé varias veces en mi conversación con Peter. Sentí pena por lo que le había pasado a su mujer, Susan, pero a la vez me alegré, ya que así, la única persona que sabía lo mío estaba de mi lado. Bueno, de mi lado, pero a cambio de no sabía muy bien qué.

Como te he explicado antes, yo estaba en manos de Peter y no podía escaparme de él. Pero a la vez, mientras pasaba el día conduciendo por esas carreteras secundarias, por lugares cada vez menos poblados, no acababa de comprender cómo podría él mantenerme controlado. Tal vez solo era un farol todo lo que me había contado. Tal vez nunca más supiese nada de él. No sería tan raro. Él ya estaba satisfecho al haberme encontrado y al haberme contado su historia. Se había desahogado con la única persona a la que podía confesar que se alegró al saber que alguien te había pegado un tiro, y que se había alegrado aún más al saber que era una venganza por suspender el maratón. Él era un policía de Nueva York, y por supuesto no podía ir diciendo lo que pensaba a nadie. Pero a mí sí que me lo podía decir, y además así me demostraba que era más listo que yo.

Con estos pensamientos fui pasando el día. Al anochecer ya había dejado atrás los alrededores de Cincinnati, ciudad que quedó al sur, y me adentré en Indiana. La capital, Indianapolis, la dejé al norte. Estaba algo cansado así que decidí que era un buen momento para encontrar algún lugar para dormir. Miré el mapa y vi que el siguiente pueblo por donde pasaba mi ruta era Nashville, una pequeña localidad en el centro de Indiana, no la capital de Tenesse, y decidí probar suerte allí mismo.

Según me acercaba por la tranquila carretera 46 pude

comprobar que era un pueblo muy bonito, rodeado de árboles que a estas alturas de año aún conservaban un bonito tono rojizo, aunque ya algo apagado. Como te digo, era un pueblo pequeño, de casas de dos alturas, muchas de ellas de madera, de estilo victoriano.

No tardé en encontrar un *Bed&Breakfast*, el Conerstone Inn y, como era normal en esa época, no tuve ningún problema para que me dieran una habitación bonita, con vistas a la calle. Era la número 8, la habitación del tatarabuelo Simeon Breech, según ponía en la puerta. Toda la casa y la decoración eran de estilo victoriano, como casi todo el pueblo, y la cama era muy grande. Incluso había un fuego bajo, pero eléctrico, no de leña. Era muy bonita.

Aunque era un poco tarde, antes de cenar di una pequeña vuelta por el pueblo. Me pareció muy coqueto, con varias tiendas de antigüedades y unos rincones muy agradables. La pena era que hacía bastante frío y no tardé mucho en buscar un lugar para cenar.

Cerca de mi hotel, como todo en un pueblo tan pequeño, encontré un local agradable llamado The Nashville House, un local antiguo, con historia. Cené allí muy a gusto y, mientras tomaba un café antes de ir a dormir, me sonó el teléfono. Era Peter.

–Hola, David. Veo que ha viajado bastante. Nashville es un pueblo muy bonito. Hacía muchos años que no lo visitaba.

–¿Está usted aquí? –respondí sorprendido.

–Sí, claro. Ya le dije que estaríamos en contacto. Cuando termine de cenar dé un paseo hacia el río. Siga por la Calle Washington hacia el oeste y al terminar la calle baje un poco por el prado junto a unos árboles hasta el río. No tiene pérdida. Le estaré esperando –y colgó.

Mi corazón empezó de nuevo a latir deprisa. Y yo que pensaba que tal vez se olvidaría de mí, que no le volvería a ver, y no había pasado ni un día cuando ya estaba de nuevo encima de mí. Te confieso que me puse muy nervioso.

Terminé el café, pagué y bajé hacia el río.

El final de la Calle Washington a esas horas de la noche era un lugar muy oscuro. No es que me temiera que Peter me hiciera algo malo, pero reconozco que si su intención era matarme o algo así era el lugar perfecto.

Casi a tientas seguí caminado por un prado junto a los árboles que había al terminarse la calle. Se oía perfectamente el agua del río, pero salvo algún coche circulando a lo lejos por la carretera no se oía nada más.

De repente vi una luz. Era Peter que me señalaba su posición con su móvil.

–Hola, David. Me alegro de volver a verle –me saludó con tanta cordialidad como si fuese verdad que se alegrara de verme, como si fuéramos unos viejos amigos que se reunían tras un tiempo sin saber nada el uno del otro. Iba vestido de paisano y esta vez no llevaba sus gafas.

–Hola, Peter. ¿De qué se trata? –le pregunté por mi parte sin mostrar su mismo entusiasmo.

–No se preocupe. Por ahora no voy a solicitarle que haga nada por mí. Solo quería que supiera que aunque usted no me vea yo sabré en todo momento dónde está usted.

Se metió la mano en la chaqueta y sacó una bolsa.

–Tome, esto es para usted –me dijo alargando su brazo hacia mí.

Abrí la bolsa y envuelta en unos trapos había una pistola y una caja pequeña de munición.

–Ya, ya sé que usted tiene un arma –me explicó–. Pero de ninguna manera puede usted usar su arma mientras esté en los EE.UU. Si usa su arma para disparar contra alguien, no tardarían mucho en relacionarlo con el caso del alcalde M.B. Una pistola deja un rastro característico en las balas que dispara, y el FBI ya tiene el rastro de la bala con la que mató al alcalde en todas sus bases de datos.

»Su única ventaja respecto a la investigación de Nueva York es que nadie le relaciona a usted con ese asunto, pero si dispara a alguien en cualquier otro lugar de EE.UU. no sería difícil seguirle la pista y sería cuestión de tiempo el que le atraparan.

—¿Y a usted eso qué le importa? –le pregunté.

—En realidad, nada. Podía delatarle ahora mismo y seguramente no saldría vivo de Nashville. El asesino del alcalde Nueva York y además armado y peligroso... No creo que ningún policía preguntara primero y disparase después. Sería al revés. A la menor duda le pegarían un tiro.

»No, a mí no me importaría que le mataran. En todo caso podría ser un problema que le cogieran vivo y les contara todo lo que sabe de mí, que sabiendo que es usted el asesino del alcalde le haya ayudado a huir. Seguramente ni le creerían. Pero ya le digo, dudo mucho de que le arrestaran con vida.

Mientras me explicaba todo esto comenzamos a andar de nuevo hacia el pueblo.

—De todas formas –añadió Peter–, ya le expliqué que siento una cierta simpatía hacia usted. No quiero que le atrapen, quiero que haga esos trabajos para mí y que después pueda usted volver a su vida normal. Por eso prefiero que use esta arma que le doy. Está limpia, nunca ha sido utilizada. De todas formas, procure usarla lo menos posible. Hay maneras, digamos, más limpias de acabar con alguien, ya me entiende. Es usted listo y sabrá usar esta pistola solo cuando sea necesario.

Al llegar a una esquina del pueblo se despidió de mí. Se metió en un coche y se marchó.

Y yo me fui a dormir, aunque no dormí nada.

26. UN MOMENTO MEMORABLE

Hay momentos en la vida de los que siempre te acuerdas. Momentos que se graban en tu mente de una forma tan especial, tan nítida, tan arraigada, que cuando piensas en ellos, y lo haces muchas veces, es como si volvieras a revivirlos. Puedes volver a sentir todo lo que sentiste en aquella ocasión, lo que pensabas en ese instante preciso, el olor que había, los sonidos que escuchabas. Todo lo que viste entonces lo vuelves a ver de la misma manera. Recuerdas los rostros, las nubes, las sombras. Es magia, una magia que nos regala nuestro cerebro, nuestra memoria.

El Queensboro Bridge es uno de los puentes más bonitos de Nueva York. Permite atravesar de Manhattan a Queens pasando sobre la isla de Roosevelt. Es un puente muy famoso pues es el que sale en el cartel de la película Manhattan del gran Woody Allen, uno de los neoyorquinos más universales. A los lados del puente, bajo la estructura de acero que lo forma, se puede pasar bien a pie, bien en bicicleta sin preocuparte del tráfico. Pero hoy, corriendo el maratón, los corredores lo atravesamos por el carril de los coches, tranquilamente. Es de los pocos lugares del maratón en que corres sin público. Solo se oyen los miles de pasos de todos los corredores y nuestras propias voces de ánimo.

Pero al final del puente giras en un bonito bucle en bajada para salir a la 58 y de ahí coger ya la larga, larguísima recta de la 1ª Avenida. Esta curva da acceso de nuevo a la zona del público y tal vez, junto a los últimos kilómetros de Central Park, éste es el punto del maratón en el que más gente se agolpa al costado de la ruta, y eso hace de esta esquina uno de esos lugares en los que vives uno de esos instantes mágicos de los que te hablaba.

Muchos familiares y amigos de corredores vienen aquí a ver pasar a su corredor, porque luego tienen tiempo para ir a la zona de meta y aplaudir su llegada.

Mientras doy el giro a la salida del puente ya se oyen desde lejos los ánimos del público y me da tiempo a prepararme para disfrutar de estos instantes. Muchos aprovechan la curva tan cerrada para recortar unos metros al largo recorrido, pero yo, al contrario, me voy hasta la parte derecha de la calle y así puedo chocar todas esas manos deseosas de animarnos a todos.

Es, simplemente, emocionante, maravilloso. Un momento especial.

Tras dejar Nashville, los dos días siguientes de mi viaje de costa a costa no tuvieron nada de emocionantes ni de mágicos. El paisaje era bonito, cada vez más llano, aunque apenas recuerdo nada de forma nítida de esos dos días, salvo que casi todo eran ya tierras de cultivo, sin muchos árboles. No avancé demasiados kilómetros, ya que iba todo el rato inquieto. No podía dejar de pensar en la pistola que Peter me había entregado y en lo que iba a pasarme en las semanas siguientes. Estaba claro que Peter iba a usarme para sus actos de justicia, y eso me daba miedo, porque matar a alguien tiene un riesgo, así que matar a más de uno multiplica el riesgo, el riesgo de que algo salga mal, de que me detenga la policía, de que alguna de esas personas acabe conmigo antes de acabar yo con ella.

Sin darme cuenta había atravesado casi entero el estado

de Illinois y me dirigía hacia las interminables llanuras de Kansas, aunque antes debía cruzar Missouri. Dormí una noche en un motel de carretera a las afueras de no me acuerdo dónde, y al final del siguiente día me detuve cerca de St. Louis, no muy lejos de la frontera entre Illinois y Missouri.

Era una pequeña población llamada Hamel por la cual pasaba la histórica ruta 66, según leí en un montón de carteles por todo el pueblo. A la entrada del pueblo había un motel restaurante de dos plantas, el Innkeeper, y cogí una habitación, nada del otro mundo, pero estaba limpia y era agradable. Estaba cansado, así que cené algo rápido y me dormí enseguida.

Por la mañana me desperté algo tarde y al ir a desayunar el encargado se dirigió a mí mientras me ofrecía un café.

–Espero que haya dormido usted bien –me dijo amablemente–. Por cierto, hace un rato vino un tipo delgado y me dejó esto para usted –y me puso un sobre en la mesa.

Bebí el café de un trago y miré al sobre con preocupación. Estaba claro que era de Peter, así que seguramente sería algo relacionado con mi primer trabajo para él.

Finalmente lo abrí y más o menos esto era lo que ponía:

"Buenos días, David. Ya veo que está bastante lejos de Nueva York. He hablado esta mañana con un compañero mío de la ciudad y puede estar tranquilo, nadie sabe nada de usted, excepto yo, claro está. La investigación sobre la muerte del alcalde M.B. está en un punto muerto. Sospechan de alguien relacionado con una empresa con la que el Sr. M.B. no tenía buenas relaciones, pero si le digo la verdad no tienen ni idea. Lo dicho, si no fuera por mí, usted podría hacer lo que quisiera a lo largo del país, puesto que nadie le busca.

En fin. Vayamos a lo nuestro.

Ayer por la noche tuve una charla muy interesante con el sheriff del condado de Madison, al que pertenece Hamel. Es una comunidad muy tranquila y pequeña, todo el mundo se conoce y él no tiene mucho trabajo normalmente. Pero, siempre hay un pero, hay un tipo al que al sheriff le gustaría ver lejos, y a ser posible no verle nunca más. Es un tipo listo, porque sabe que el sheriff sospecha de él, y por eso no hace nunca nada malo delante de la gente y es siempre muy atento con todo el mundo, sobre todo con la gente mayor. Ya sabe, si los viejos del lugar creen que eres una buena persona siempre estarán de tu parte, y este tipo parece que sabe ganarse a los mayores, sobre todo a las ancianitas.

Pero el sheriff sospecha de él, como le digo. Es un pueblo tranquilo, pero de vez en cuando, cuando la gente está reunida por alguna celebración local o cosas así, hay robos en las casas de la gente mayor y en los lugares públicos, como en la escuela del pueblo.

Bien, esto, aunque fuera cosa de este tipo, que seguro que lo es, no tiene gran importancia. Es un incordio para la gente y para el sheriff, al que culpan de no poner fin a esos robos, pero no es nada grave.

Lo que sí es grave es lo que pasó hace siete años y lo que pasó el verano pasado. No es normal que en un pueblo pequeño ocurran crímenes deleznables, pero hace siete años una niña de nueve años salió de la Escuela por la tarde para volver a casa sola, algo habitual en un pueblo tan pequeño, pero nunca llegó a su casa. La buscaron durante toda la tarde y la noche, y la encontraron por la mañana. Estaba en el arroyo cercano a la escuela. Estaba ahogada, pero no porque se cayera al agua, sino que alguien la había estrangulado después de forzarla sexualmente. Nunca se detuvo a nadie, no hubo sospechosos, salvo un vagabundo que habían visto por allí unos días antes. Hasta el verano pasado el sheriff nunca había sospechado de nadie más, pero, como le digo, el verano pasado otra niña de la misma edad volvió a desaparecer después de que su madre la dejara un rato sola en el parque que hay cerca de la escuela. Como a la otra niña, la encontraron en el río, ahogada y con signos de agresión sexual.

Tampoco se arrestó esta vez a nadie, pero, según me dijo el sheriff, no descarta que el tipo este del que le hablo tuviera algo que ver. Casualmente le había visto varios días charlando con la niña cada vez que ésta se alejaba de su madre, y más de una vez le había visto merodeando por el parque en las horas a las que había niños o mirando al patio de la escuela a la hora del recreo.

Pero el sheriff habló con la policía estatal y al parecer no podían hacer nada contra este tipo solo por sus sospechas.

En fin. Aquí es donde entra usted.

Tendrá que hablar con él y conseguir que confiese. Si lo hace, ya sabe lo que espero de usted, y si cree que realmente el tipo es inocente, por lo menos se le quitarán las ganas de seguir robando a la gente del pueblo y usted se podrá marchar. Él no le denunciará, porque es casi seguro que es el autor de los robos, aunque no lo sea de los asesinatos de las niñas, y además, si le denuncia a usted al sheriff, éste no moverá un dedo contra usted. Es más, le agradecerá que ponga a este impresentable más tieso que un palo.

Bueno. Ya sabe lo que tiene que hacer. No me defraude."

Después solo aparecía una dirección y nada más.

Releí la carta un par de veces y vi que no tenía muchas opciones. Terminé el desayuno y me di una vuelta por el pueblo hasta la dirección que Peter me había dado.

Era una casa destartalada a las afueras del pueblo, en la

vieja Ruta 66. Estaba detrás de un distribuidor de maquinaria para el campo. Paseé un rato por la zona y no vi a nadie en la casa, así que volví al pueblo y me quedé un buen rato en mi habitación. No quería llamar la atención de nadie. Cuanta menos gente se acordara de haberme visto en el pueblo mejor para mí.

Al mediodía salí a comer algo y luego volví a la casa de las afueras. Soplaba un poco de viento y traía un agradable olor a las balas de heno que había almacenadas en algunos graneros en esa parte del pueblo. Según me acercaba vi a un tipo alto entrando en ella con algunos aperos de labor, una azada o algo así. No me había visto. Me aseguré de que no había nadie por los alrededores y llamé a la puerta dando golpes con la mano.

—¡Pase! —gritó el tipo desde dentro.

Empujé la puerta y me encontré en una estancia oscura y sucia. No había habitaciones, todo estaba entre las cuatro paredes. En una esquina había una fregadera atascada llena de platos sucios. Junto a la puerta había una vieja televisión encendida y a su lado un sofá que estaba claro que se utilizaba también para dormir. Todo estaba lleno de cosas tiradas por el suelo, ropa, herramientas, latas de comida y cosas así.

Cuando entré, el tipo se giró y me miró sin ningún gesto de sorpresa.

—Si quiere que le arregle alguna cosa hoy estoy muy ocupado. Venga mañana —estaba claro que pensó que era alguien que venía a encargarle algún trabajo.

Su cara era bastante desagradable. Era medio bizco y le faltaban varios dientes. Se notaba que el tema de la higiene y la limpieza no le iban mucho.

—Perdone —le contesté—. No vengo a pedirle nada, solo quiero que me conteste a un par de preguntas.

—¿Es usted policía? —me preguntó mientras su mirada

reflejaba una cada vez mayor preocupación.

–No, tranquilo, no soy policía. Aunque eso no es lo mejor para usted.

No le di tiempo a decir nada, pues en cuanto acabé la frase saqué mi pistola y le apunté con ella a la cabeza. Si el tipo era peligroso era conveniente tener ventaja, y si no lo era, pues mejor para él.

Levantó las manos y se arrodilló ante mí sin que yo se lo hubiera pedido. Junto a sus rodillas vi cómo iba haciéndose cada vez más grande un charco de la orina que le caía por la pernera izquierda.

–¡No tengo nada, no me mate! –suplicó entre sollozos.

–No quiero matarle –le dije para que se callara–. No, si no es necesario. Como le he dicho, solo quiero que me conteste a unas preguntas.

–¿Qué quiere saber? –se había calmado algo, pero seguía sintiéndose el miedo en su voz.

–Solo un par de cosas. ¿Por qué roba usted a sus vecinos? Y, sobre todo, ¿por qué mató y violó usted a esas pobres niñas?

Por supuesto él empezó a negarlo todo, pero se notaba en sus ojos que había sido pillado. Decidí ajustarle un poco más las tuercas y le apreté el cañón de la pistola contra la cabeza con fuerza hasta hacerle daño.

–No me mienta. Sé que fue usted y si quiere vivir tendrá que decirme la verdad. Si no le mataré ahora mismo.

Y confesó. Confesó todo, lo de los robos y lo de las niñas. Los detalles que me dio eran suficientes para ver que no mentía. Al principio me dio lástima, ya que su vida no había sido muy fácil, pero cuando empezó a explicar lo que sentía al mirar a las niñas del colegio, su relato empezó a causarme náuseas y me dio tanto asco que le pegué un culatazo para que dejara de contarme cómo había violado a las pobres niñas. Se quedó tumbado en el suelo, llorando para que no le matara, pero era demasiado tarde para él. Sí, seguramente no era más que un pobre desgraciado enfermo, pero la sociedad no podía tener a gente así viviendo en su seno. Simplemente debía ser eliminado. Era lo mejor para todos. Peter tenía razón.

Cogí unas cuerdas que había en un rincón, junto a la azada, y le até las manos mientras decidía cómo acabar con él. No quise dispararle. No quería dejar ninguna bala tras de mí, salvo que no hubiera otro remedio. Y tampoco quería que el sheriff viera que había sido un asesinato y que tuviera que iniciar, a su pesar, una investigación. Así que pasé un extremo de la cuerda por una de las vigas del techo, hice un buen nudo en el otro extremo y se lo pasé por la cabeza. Él estaba tan asustado que apenas me opuso resistencia. Lo icé con algo de dificultad. Intentó gritar, pero la cuerda solo permitía que de su boca salieran unos sonidos guturales que nadie podía oír. Luego esperé hasta que dejó de moverse. Lo dejé allí colgado y puse una silla tirada bajo sus pies para que pareciera que se había colgado él mismo. Si era cierto lo que Peter me había dicho, seguramente el sheriff no investigaría mucho y lo dejarían pasar por un suicidio.

Ya te he dicho que hay momentos en la vida de los que siempre te acuerdas. Momentos que se graban en tu mente de una forma tan especial, tan nítida, tan arraigada, que cuando piensas en ellos, y lo haces muchas veces, es como si volvieras a revivirlos.

Y el momento en el que colgué hasta morir a aquel tipo fue uno de ellos. Aún recuerdo el olor al heno. Era un olor agradable.

25. LEJOS DE TODO

A veces lo mejor es dejar pasar el tiempo y alejarse de algo para verlo con otra perspectiva. Todo cambia si lo miras desde lejos y todo te parece distinto a lo que fue cuando vuelves a pensar en ello tiempo después.

Así que dejé allí el cuerpo colgado del violador de niñas y regresé al motel. Pagué la cuenta y me alejé de Hamel. Seguramente no encontrarían el cadáver hasta el día siguiente, pero lo mejor era estar lejos de allí cuando eso sucediera.

Pocos kilómetros después de salir de Hamel crucé el río Mississippi en Alton por el altivo puente Clark y entré en Missouri. El Mississippi, ese gran eje vertebrador de los EE.UU. y una importante vía de comunicación, para mí no fue sino un instante fugaz en el paisaje de mi viaje de huida hacia el Pacífico. Por delante el horizonte se adivinaba cada vez más plano, y atrás quedaban ya lejos las montañas del este del país. A partir de ahora vendrían muchos kilómetros de monotonía, mucha más que en la 1ª Avenida en el maratón y mucha más que la que me hubiera gustado.

Durante una buena parte de mi viaje por Missouri aún me acompañaban los árboles y algunas colinas cada vez más suaves, pero según me acercaba a Kansas se imponían poco a poco las llanuras agrícolas y la carretera cada vez tenía más largos tramos de aburridas rectas.

A pesar de que ya se hacía de noche no quise perder mucho tiempo, así que paré la furgoneta en un camino vecinal medio abandonado y me quedé a dormir allí mismo. No era muy cómodo pero quería parar el menor tiempo posible y alejarme más de Hamel. Antes del amanecer ya estaba de nuevo en la ruta. Me sentí más tranquilo y conduje sin prisa hasta la tarde, ya que estaba cerca de la frontera con Kansas, y pensé que sería mejor poner un estado entero de por medio entre mi última acción y yo.

Acababa de entrar en Kansas cuando, por fin, el cansancio y el hambre me hicieron parar en Fort Scott, el primer pueblo tras cruzar la frontera estatal. Vi un motel en la calle principal, el Azure Sky, y cogí una habitación. Estaba realmente cansado y me dormí enseguida después de haber cenado algo.

Es una suerte que el kilómetro 25 del maratón de Nueva York esté en un punto tan fantástico como en pleno puente de Queensboro. Es uno de los pocos lugares del recorrido en el que no hay público, pero, aun así, es tan bonito que lo disfrutas igual. Ahora solo oyes los pasos de los demás corredores y muchos aprovechamos para parar un momento y sacarnos una foto con Manhattan al fondo al costado del puente, con el East River bajo nuestros pies.

Y digo que es una suerte que esté en un lugar tan especial porque en un maratón el kilómetro 25 suele ser un punto crítico, ya que ya llevas corriendo más kilómetros que lo que has entrenado normalmente los días de entrenamientos largos, y a la vez te quedan un montón de kilómetros por delante, tantos que si estás ya cansado, y seguro que lo estás, puedes llegar a tener dudas de si conseguirás llegar a la meta. Es un punto en el que puedes decir, sin lugar a dudas, que estás lejos de todo, lejos de la salida, lejos de la meta y lejos de empezar a tener esa agradable sensación de euforia que te inunda cuando ves que lo vas a lograr.

Vuelvo a pensar en Haruki Murakami, en una de sus frases que se ha hecho más famosa sobre correr maratones, una en la que dice que si hay un contrincante al que debes vencer en una carrera de larga distancia, ése no es otro que al tú de ayer.

Sí, es posible que el yo de ayer, el yo de mi último maratón, hubiera llegado a este kilómetro 25 con unas sensaciones peores que mi yo de hoy, pero no estoy de acuerdo con Murakami, no puedo estar de acuerdo.

Mi yo de ayer no es el contrincante de mi yo de hoy, no. Mi contrincante de hoy no es otro sino el yo de hoy, pues en una carrera como un maratón para la mayoría de la gente el objetivo es sencillamente llegar a la meta en buenas condiciones, y es el yo de hoy el que puede flaquear en momentos como éste en el kilómetro 25 y es el que puede hacerte pensar en que no vas a poder más. En cambio mi yo de ayer, mi yo de mi último maratón ya no me habla, y si me habla es sencillamente para recordarme que aquel día lo logré, y si lo logré una vez, ¿por qué diablos no lo voy a conseguir hoy?

Y hoy, aquí, en este puente que me gusta tanto, mi yo de hoy está contento. Sí, es cierto que me duelen las piernas, pero no es menos cierto que estoy disfrutando de esto como nunca lo he hecho y como nunca lo haré, pues nunca más correré por primera vez el Maratón de Nueva York, nunca más podré tener estas mismas sensaciones que tengo hoy, nunca más seré tan feliz pase lo que pase tras atravesar la meta.

Y con esto basta para seguir adelante, siempre adelante.

A la mañana siguiente me desperté tarde. Miré por la ventana y vi que hacía frío y que, aunque no parecía que fuese a llover, el cielo estaba cubierto.

Me estaba preparando para ir a desayunar cuando me

sonó el teléfono. Antes de mirar la pantalla ya sabía que era Peter. Me había extrañado que no me llamase el día antes.

—Buenos días, David. Enhorabuena. Hizo usted un gran trabajo con el tipo de Hamel.

—Bueno —asentí sin mucha convicción—. Hice lo que pude y lo que usted me había pedido. Tuve suerte.

—No creo que fuera suerte, David. Creo que usted tiene un don especial para estas cosas. No creo que nadie hubiese solucionado el tema tan limpiamente. No hace falta que siga viajando así, sin apenas parar. Hablé con el sheriff de Hamel y para todos los efectos ese tipo se colgó. Nadie hará ninguna pregunta más. Puede estar usted tranquilo.

Me alivió lo que me dijo Peter. Es mejor no ser sospechoso de nada. Después me estuvo hablando un rato sobre otros dos o tal vez tres lugares donde me sugirió hacer algunas paradas en mi viaje hacia el oeste. No eran muchos sitios, no tendría que trabajar mucho para él, me insistió como queriendo que me relajara.

Y a decir verdad, sus palabras tuvieron exactamente ese efecto. Me relajaron e incluso pensé que dos o tres trabajitos más me parecían pocos. Estaba seguro de que, si Peter me ayudaba a buscar, encontraríamos más trabajo. Hay tanta gente que hace lo que no se debe hacer que tener que actuar solo dos o tres veces más me llevó a pensar que tal vez Peter no estaba convencido de seguir con nuestro acuerdo.

24. SUEÑOS

Tras la conversación con Peter, tomé un ligero desayuno en el motel y paseé un rato por Fort Scott. En el pasado en este cruce de caminos hubo un importante destacamento del ejército. Hoy no es mucho más que un pueblo en el medio del país, en el sur del medio oeste, con sus casas de poco más de dos alturas y sus calles anchas, algunos edificios públicos, iglesias y comercios de todo tipo. No hay mucho que ver, sobre todo si vienes de Nueva York.

Tras el paseo me encontré más a gusto y decidí seguir mi viaje. Pagué la habitación del motel y seguí conduciendo tranquilamente siempre hacia el oeste. La carretera era cada vez más monótona, con unas rectas que duraban varios kilómetros, rodeado en todo momento de la misma vegetación de campos inmensos de cereal que en esta época del año apenas asomaban por entre la corta hierba amarillenta.

A mediodía paré a comer algo en El Dorado, cerca de Wichita, en una hamburguesería llamada Freddy's, y pese a tomarme un par de cafés antes de reemprender el camino, no pude evitar sentirme algo cansado, así que al salir del pueblo busqué un lugar tranquilo en la carretera junto a unos pequeños árboles, aparqué y me dormí allí mismo un rato.

Tal vez no llegara ni a la media hora el rato que estuve dormido, pero recuerdo que me desperté de golpe debido a un extraño sueño que tuve. Fue un sueño inquietante, pero a la vez me produjo un cierto placer vivirlo, pues fue de esos sueños en los que la sensación de realidad es tan grande que, cuando te despiertas, aunque sabes perfectamente que ha sido un sueño, no puedes evitar incorporar la experiencia del sueño a la vivencia real de tu vida.

En el sueño yo estaba tumbado en un inmenso campo de cereales. Todo era muy verde y solo el azul del cielo aportaba otra nota de color a la escena. No sabía muy bien cómo había llegado hasta allí, pero estaba vestido con mi ropa de correr, con mis zapatillas nuevas, mi camiseta del maratón de Nueva York y mi gorra favorita. Estaba muy a gusto. De repente, empezó a oírse el quejido lastimoso de un perro. Debía de estar muy cerca de donde yo estaba, pues cada vez se oían mejor sus lamentos. Me levanté y traté de buscar al perro, pero por más que oía cada vez mejor sus chillidos de dolor no podía encontrarlo entre los altos brotes de los cereales.

De pronto volvió el silencio absoluto. Ya no se oía al perro, solo el ligero movimiento de las plantas mecidas por un suave viento.

Miré a mi alrededor y vi a alguien corriendo. Eché a correr tras él y justo entonces vi a un pobre perro cubierto de sangre, muerto y terriblemente mutilado. Seguí corriendo detrás del tipo que lo había matado. Él se volvió y me miró. Llevaba un cuchillo lleno de sangre en una mano y dirigiéndose a mí gritó algo que no logré entender y se rio con grandes carcajadas. Seguí corriendo y poco a poco vi que me estaba acercando a él. No sabía quién era, ni por qué había matado a ese perro, pero yo tenía claro que tenía que alcanzarle y que tenía que hacerle pagar por esa crueldad.

Y cuando ya estaba a punto de cogerle, de repente desapareció de mi vista justo cuando el campo de cereales terminaba bruscamente en un hondo barranco pedregoso. Me dio el tiempo justo para frenar y evitar caer yo también detrás del asesino de perros. Miré hacia abajo y vi su cuerpo destrozado contra unas rocas. Y entonces desperté con una gran sensación de alivio y de satisfacción.

Hacía tiempo que soñaba con estar ya aquí, en el puente de Queensboro, donde me coincide el kilómetro 24 del maratón. Hace poco que acabo de entrar en el puente y corro ahora sin el ruido de fondo del público. Es un buen lugar para soñar, para abstraer la mente del cansancio del cuerpo, del dolor de las piernas. A la izquierda, entre las vigas de acero del elegante puente, veo Manhattan y sus altos rascacielos. Enseguida pisaré Manhattan, cada vez queda menos.

Corro ahora dentro de la estructura del puente como si corriese por un túnel, ya que el propio puente me impide ver el total de lo que ocurre a mi alrededor. Es como en un sueño, en el que por muy real que te parezca todo lo que sueñas, la mayor parte del entorno del sueño se escapa a tu percepción. Sí, sabes lo que pasa y lo sabes muy bien, pero no eres capaz de describir el lugar en el que pasa, no eres capaz de saber exactamente cómo es el entorno en el que estás cuando sueñas con algo que parece real.

Y soñar ahora, en el kilómetro 24, entrando en el puente de Queensboro, es algo que me ayuda a seguir el ritmo, a evadirme unos instantes de las sensaciones del dolor y del sufrimiento. Me ayuda a avanzar hacia la meta final. Nunca hay que dejar de pensar en nuestra meta final.

Y aquí, en este breve instante íntimo del maratón, sin el ruido del público, mi mente se traslada a un extraño sueño recurrente que, éste sí, cada vez que lo tengo es casi tan real que lo sigo recordando siempre como si aún lo estuviera viviendo y que me sirve ahora, al soñarlo entero una vez más mientras cruzo este puente, para pasar unos minutos sin que mi mente se tenga que preocupar por tirar de mi cuerpo hacia la meta.

En este sueño voy a un lugar extraño, un lugar al que al despertar siempre me digo a mí mismo que nunca más volveré, que ya es suficiente con las visitas hechas hasta entonces, no recuerdo bien cuántas, pero suficientes de todos modos. Suficientes para saber si me ha gustado. Suficientes para saber si me ha impactado. Y sí que lo ha hecho, impactarme digo, no el gustarme.

La primera vez que en el sueño voy a este lugar tengo yo unos cinco años y me lleva mi padre, sin pedirme permiso, sin preguntarme si yo quiero ir. Claro, ahora sé que con cinco años te llevan a los sitios sin consultar contigo, pero cuando tienes cinco años ya empiezas a sentirte mayor, y empiezas a tener claro lo que quieres y lo que no. Y si entonces me llega a preguntar mi padre si quería ir allí o no, pues seguramente hubiese dicho que no. Como se lo digo la siguiente vez, y la siguiente, aunque no me hace mucho caso.

Pero el caso es que en el sueño, unos años después, a la cuarta vez voy yo solo, sin que nadie me obligue, sin que nadie me insista, sin que nadie lo sepa.

Es un lugar extraño, y supongo que sigue siéndolo.

La puerta de acceso está escoltada por dos filas de columnas inmensas, gruesas, altas y lisas como el cielo raso al que casi alcanzan. Tras ellas, una gran losa pétrea da acceso al patio interior. Esa puerta es fantástica. Tan pesada parece a la vista que sorprende lo fácilmente que se desplaza con un leve toque con un único dedo. Sin apenas una vibración, en completo silencio y suavemente, como si fuera etérea, la puerta gigantesca se abre de par en par para mostrar el patio vacío, lúgubre, sepulcral, que no contiene nada. Bueno, nada salvo el pozo.

Siempre me asusta en el sueño, por muchas veces que haya estado allí, el portazo con el que se cierra la losa tras de mí una vez dentro del patio. La primera vez siempre pienso que no se abrirá más y que aquel lugar será mi última morada. Pero al correr espantado hacia ella siempre se vuelve a abrir con la misma suavidad de siempre. Así que vuelvo a dirigir mis pasos hacia el único punto posible: el pozo.

El pozo. Un agujero insondable, negro, estrecho, que se abre en el centro del patio vacío como si hubiese sido el lugar donde se asentaba el eje de las agujas de un gigantesco reloj. Al asomarme a él por primera vez, me es inevitable sentir un vértigo espantoso, aunque, simultáneamente, siento una irrefrenable tentación de arrojarme al vacío. Por suerte, o eso creo, puedo reprimir ese instinto y sustituirlo por el ansia de descender la escalera estrecha que, en una espiral interminable, no estoy seguro de que llegue alguna vez al fondo. Cada vez que voy allí lo hago con la intención de bajar cada vez un poco más, un peldaño más, e intentar culminar un descenso que seguramente nadie podrá lograr jamás. Seguramente nadie sabrá dónde se detiene la escalera, pues nadie tendría el valor y la paciencia de pisar todos los escalones.

La primera vez que me adentro en el pozo yo solo, todavía siendo un niño en el sueño, bajo sin detenerme durante una hora. Soy consciente de que estoy siendo muy valiente al hacerlo, pues, incluso cuando he ido en el sueño en la compañía de mi padre, no había estado más de unos veinte minutos descendiendo antes de decidir dejarlo. No sé si mi padre bajaría alguna vez más abajo en otro sueño. Puede que al ir conmigo en mi sueño se detuviera pensando en que yo tendría miedo o estaría cansado. El caso es que nunca bajamos tanto juntos. Y allí estoy yo, por cuarta vez, solo, sin nadie en quien amortiguar mis temores.

Durante una hora bajo sin detenerme aquella escalera en infinita espiral que no se interrumpe por nada, salvo en la puerta negra que queda a un lado al cabo de unos cincuenta minutos de iniciado el descenso.

Es curioso que en el sueño, la primera vez que veo la puerta negra no me llame la atención demasiado. Mi objetivo entonces era alcanzar el final de la escalera, el mismo que tengo las siguientes ocasiones en las que me interno en el pozo. Y es normal. Aún no sé que es inútil intentar alcanzar el fondo. Eso lo aprendo mucho más tarde, cuando la caída. Pero, ya de joven en el sueño, una vez desciendo al pozo con la sola idea de abrir la puerta negra. Y es todo un descubrimiento.

En esa ocasión desciendo los escalones a todo correr. Tengo prisa por saber. Alcanzo la puerta, poso mi mano sobre ella y empujo. Y no pasa nada. Empujo de nuevo con más fuerza y tampoco se mueve. No hay ninguna manilla a la vista. Puede que antaño la hubiera, pero ahora ya no está. Decidido a entrar como fuera, empujo con todas mis fuerzas y finalmente logro que se mueva un poco. Sigo empujando con el hombro y consigo que se abra lo suficiente como para poder atravesarla.

Al principio no veo nada. Está demasiado oscuro. Pero en cuanto se cierra la puerta negra mis ojos se adaptan a la poca claridad que hay y para mi tranquilidad compruebo que puedo ver lo suficiente.

No parece haber nada, salvo un largo pasillo por el que camino durante media hora hasta alcanzar una nueva puerta que no me cuesta mucho abrirla. Tras la puerta, para mi sorpresa, un pozo como el anterior se abre a mis pies. Es una pequeña decepción y un contratiempo encontrarme otra vez en la misma situación de siempre. Ante la certeza de que si sigo la escalera hacia el fondo del pozo no llegaré a ningún lado, decido subir la espiral.

Exactamente tardo una hora en llegar arriba. Cansado, pero aliviado de salir de allí, mi decepción es aún mayor al ver que estoy en el mismo patio de siempre. De alguna forma el pasillo conduce de nuevo a la misma puerta negra y al mismo pozo por el que he descendido. Tanto esfuerzo para nada, pienso entonces, y me lamento de no haber despreciado la puerta y de no haber seguido descendiendo más y más. Pero cuando ya voy a salir del patio por la gran puerta para dirigirme a mi casa, algo llama poderosamente mi atención.

No estoy en el mismo patio de siempre, ni el pozo es el mismo por el que he descendido. Algo muy extraño pasa. Yo sé con certeza que entre el descenso, el paso del pasillo y subir de nuevo, como mucho habré empleado unas tres horas escasas, y cuando había empezado a bajar las escaleras en el sueño era por la mañana de un día de verano en el que brillaba el Sol en un cielo azul y despejado. Pero ahora, sobre mí, tan solo hay una gran luna llena entre grandes nubarrones en medio de una noche fría y amenazadora.

Consternado, dirijo mis pasos hacia el pozo de nuevo para volver por donde he venido. Pero la curiosidad, ¡ay!, la curiosidad que nos conduce a aprender me obliga a salir del patio por la gran puerta, dejar atrás las altivas columnas y empezar a caminar por la senda que se dirige a la ciudad, por lo menos en el mundo que he dejado antes.

Y tal y como podía esperar, donde yo había dejado mi ciudad, allí se levantan aparentemente ahora los mismos edificios y las mismas calles de siempre, aunque ahora, de noche, tengan un aspecto algo diferente, algo más lúgubre.

Me interno, pues, en la ciudad y sigo la ruta de calles que me llevan hasta mi casa. No veo a nadie en el trayecto y todo está cerrado y tranquilo, como es de esperar. Alcanzo la puerta de mi casa y me dispongo a abrirla. Antes de introducir la llave en el bombillo de la cerradura dudo un instante. Me resulta extraño estar allí, de noche, como un ladrón, abriendo la puerta en silencio para no despertar a nadie y con la mente aún en el misterio de esta noche repentina y de este pozo, sin saber si es el mismo por el que he entrado o no. Finalmente giro la llave y la puerta se abre.

Desde luego es mi casa. Los muebles y los cuadros son los mismos, pero no están igual que por la mañana. Ninguna de las fotos recientes que mi madre tiene en el salón se halla ahora allí. Y la televisión y otros aparatos modernos tampoco están en su lugar. Pero lo más extraño, lo más impactante para mí, ocurre al entrar en mi cuarto. Mi cama está ocupada.

Sí, está ocupada, pero ocupada por mí. Efectivamente el niño que duerme plácidamente en mi cama soy yo de pequeño, con unos nueve años. Tengo puesto mi pijama de ositos y sobre la mesilla reposan mis libros de cuentos favoritos. Al parecer, el pozo del sueño me ha conducido al pasado. Me siento junto a la cama viéndome dormir y me quedo dormido.

Cuando despierto, mi madre, mi madre de joven, hace mi cama mientras yo, yo de niño, me visto para salir. A ninguno de los dos parece llamarle la atención mi presencia, lógico, pues enseguida me doy cuenta de que no pueden verme. Así que les sigo en sus quehaceres diarios. Mi madre, tras acabar de limpiar y recoger, me acompaña a mí de niño al colegio y se va a trabajar. Decido quedarme en el colegio y observarme, observarme con la perspectiva que dan los años.

Es extraño, pero los recuerdos que tenemos de nuestra infancia se diluyen rápidamente en el tiempo, y aunque recordamos escenas y situaciones, no sabemos en realidad cómo éramos de niños. Yo siempre he creído que mi infancia fue feliz. Y así fue en general. Mis padres me querían y me trataban muy bien. Pero el ser un niño introvertido siempre te hace sufrir más de la cuenta con los demás niños.

Aquel día, en el sueño, mientras me observo a mí mismo, ocurre algo en el recreo.

Ahí estoy yo, un niño solitario en una esquina del patio, entreteniéndome con un hormiguero mientras los demás niños juegan al fútbol o a otros juegos. Las hormigas siguen su vida inconscientes de mi presencia y del peligro que yo puedo suponer para ellas, lo mismo que yo las observo ajeno a los demás, ajeno a lo que los demás puedan hacerme. Y así, mientras con un palo voy destrozando distraídamente las paredes de la cubierta del hormiguero, un grupo de niños se acerca furtivamente por mi espalda y antes de que me dé cuenta me encuentro con la cara dentro del hormiguero casi sin poder respirar y con la asquerosa sensación de tener docenas de hormigas correteando por mi rostro y metiéndose por mi nariz.

Al ver aquello, yo, yo de mayor, intento ayudarme empujando a los niños para que me suelten. Pero de la misma forma que no pueden verme, tampoco puedo yo tocarles, y la frustración que siento durante los minutos que dura la lucha es tal que lloro, lloro de niño y lloro de joven. Lloro al sentir la injusticia, la impotencia y la soledad del débil, la soledad del frágil, la soledad del niño -del hombre- solo ante el abuso de los demás. Después vuelvo a mi tiempo. Bajo el pozo, atravieso el pasillo y subo a mi casa.

Después, en el sueño varias veces más realizo ese viaje al pasado. Desde luego, no en todas las ocasiones me supone desasosiego el observar mi infancia. A veces coincido en días felices para mí. Pero también coincido con días tristes, días aciagos, días negros.

El sueño acaba siempre con la última vez que entro en el pozo. Al llegar a la altura de la puerta negra y girarme para empujar, tropiezo y caigo en el abismo. No sé cuánto tiempo estoy cayendo, y ni siquiera sé si he terminado de caer o si terminaré alguna vez. Solo sé que mientras caigo, mientras atravieso este pozo sin fin, veo mi vida pasar, veo mi vida alejándose, como lo hace el débil punto de luz que se empequeñece tras de mí, hasta desaparecer totalmente y despertar, por fin, del sueño empapado en sudor.

23. MÚSICA DE FONDO

Corro por Queens, el barrio más extenso de Nueva York, a lo largo de la 44 Drive. La gente sigue animando con ganas a ambos lados de la calle y de vez en cuando algún grupo musical me anima para que no decaiga el ritmo. Es un tramo duro, no porque tenga cuestas, sino porque no es una de las zonas más bonitas del recorrido y estoy deseando entrar ya en Manhattan. Por eso agradezco a los músicos su entrega, que está a la altura de la de todos los corredores entusiastas. Parece una tontería, pero cada vez que empiezo a oír a lo lejos el sonido de una nueva animación musical mis piernas recuperan el ánimo y tratan de acompasarse a la música que escucho, música que siempre es alegre y excitante, muy bien elegida para la ocasión. Por ello les aplaudo a todos y aprovecho también para fotografiarlos.

De todas formas, la música que me acompaña normalmente cuando corro no se traslada por medio de ondas por el aire, no. Cuando corro -aunque normalmente me pasa cuando corro solo, en los entrenamientos más largos y no en las carreras, donde el público me pide su atención -lo que suena es la música en mi cabeza, una música que me ayuda a abstraerme de mi cuerpo y aguantar así con más facilidad los largos recorridos en solitario, donde es más fácil que el cansancio o el dolor traten de tomar el control de la situación. Pero la música en mi mente me ayuda a ignorar las señales del cuerpo para que me detenga.

Normalmente, la música que más me permite desconectar suele ser la que mantiene un ritmo pausado, como si fuera el sonido de un metrónomo que me marcara el ritmo. Y una de mis músicas favoritas para dejar la mente en blanco, para no oír a las piernas, al cuerpo, es la ópera de Philip Glass "Einstein on the beach".

Los temas en los que las voces del coro enumeran sin parar los números son, simplemente, perfectos para correr.

Uno, dos, tres, cuatro. Uno, dos, tres, cuatro, cinco. Uno, dos, tres, cuatro, cinco, seis.

Solo con este estribillo en la cabeza puedo estar varios kilómetros como si me hubiese ido a otra dimensión. Es un mantra perfecto que suena y suena en mi mente y ya no tengo que hacer nada más. Puedo estar así durante muchos minutos, y eso en un entrenamiento de horas corriendo en solitario es una bendición.

Y cómo no evitar que vengan a mi mente los sones del violín mientras la voz del actor, Jasper McGruder, va narrando, casi desapasionadamente pero a la vez de forma sugerente y con un tono de voz perfecto, un fragmento de un texto de Samuel M. Davidson que cuenta la pequeña historia de dos enamorados en el parque y que suena en mí interior exactamente igual que si estuviera escuchando la música, pues hasta la última pequeña variación en la entonación de la voz se me reproduce con total nitidez una y otra vez, no importa cuántas veces piense en esta voz.

Y hoy, aquí, empieza a oírse en mi cabeza una vez más esta voz en inglés mientras mi cuerpo corre por esta zona de Queens sin nadie que lo controle, que lo dirija, pues ahora yo ya no estoy aquí, sino que estoy viendo a una pareja de enamorados sentada en el banco de un parque, con sus cuerpos el uno junto al otro y sus manos entrelazadas bajo la luz de la Luna.

Uno, dos, tres, cuatro. Uno, dos, tres, cuatro, cinco. Uno, dos, tres, cuatro, cinco, seis. Uno, dos, tres, cuatro, cinco, seis, siete. Uno, dos, tres, cuatro, cinco, seis, siete, ocho...

Nunca acabará, como esta carrera nunca acabará para mí, pues, aunque traspase la línea de meta, yo siempre seguiré corriendo este maratón, ya que nunca podré dejar de pensar en esto que siento hoy en estas calles.

Uno, dos, tres, cuatro, cinco, seis, siete,...

Recuerdo ahora cómo la música me ayudó también en las interminables rectas de Kansas, como les ayuda también a los corredores en la RAAM cuando están metidos de lleno en esta llanura interminable.

Aquel año en el que pude seguir esa carrera más interminable aún que mi maratón, Julián, el corredor al que seguíamos, me dijo que él, para ayudarse mentalmente cuando tomaba la salida en Oceanside y empezaban los largos días de pedaleo sin descanso, lo que hacía era mentalizarse de que esa espiral de pedalear, comer, dormir un poco, pedalear, comer, dormir un poco, sería algo que ya nunca más iba a terminar. No había en su cabeza una línea de llegada en Annapolis. Él se convencía de que todo el futuro que le esperaba a partir del inicio en Oceanside no era otro sino pedalear y pedalear por siempre jamás. De esta forma evitaba tener ese pensamiento que nos asalta tantas veces en los momentos de debilidad y que nos hace repetirnos continuamente la pregunta "¿Cuándo acabará esto?". Hay que evitar que en nuestra mente encalle esta pregunta, y eso Julián lo lograba convenciéndose de que no hay un final.

De un modo similar, aunque con una estrategia diferente, yo cuando tengo algún momento de debilidad en el maratón, o en la vida, para no pensar en cuándo acabará todo, pienso en un futuro en el que ya ha terminado y estoy contándole a alguien cómo se desarrolló la carrera, cómo pasé los momentos malos, cómo logré salir de esa situación negativa.

Y así, estando aún inmerso en ese momento terrible de dolor, de angustia, de sufrimiento, mi mente está ocupada explicando en el futuro cómo acaba algo que aún no sé ni yo cómo va a terminar. Y da resultado, pues para cuando me doy cuenta, ya ha pasado mi crisis y más tarde, cuando realmente le cuento a alguien lo que he vivido, casi sé de memoria las palabras que mi mente ya ha usado antes para tratar el tema.

Después del sueño que tuve en el que corría detrás del asesino de perros, algo empezó a inquietarme, y hubiese dado lo que fuera por tener algo diferente en el paisaje para que me distrajera la mente. Pero eso era difícil en estos lares. Normalmente me calma la sensación de equilibrio que me da la simetría. Una larga recta por delante, el mismo paisaje llano a ambos lados y un cielo uniforme por arriba son normalmente el tipo de escenas tan bien equilibradas que forman una fotografía que transmite tranquilidad. Todo está en el sitio perfecto, con la composición perfecta de formas y de líneas.

Pero ese día algo me hacía sentir incómodo.

Casi no había tráfico por las rectas rutas de Kansas y apenas alguna granja de vez en cuando distraía mi atención. Paralelos a la carretera los postes de un tendido eléctrico se sucedían sin fin. Uno, dos, tres, cuatro, cinco...

Cada cierto tiempo, un larguísimo tren de mercancías pasaba por la vía del tren que, cercana a la carretera, atraviesa todo el país. Eran trenes con decenas de vagones. Me entretenía en contarlos, pero siempre perdía la cuenta antes de llegar a los sesenta vagones. Uno, dos, tres, cuatro, cinco, seis, siete...

Había dejado atrás el cruce a Dodge City y conducía prácticamente solo por la US160 llegando a un pueblo llamado Ulysses. Entre la soledad de la ruta, mi largo viaje y el nombre del pueblo al que me acercaba comencé a pensar en Ítaca y el viaje de Ulises en la Odisea.

Ulises, al igual que lo estaba haciendo yo, se ve inmerso en un largo viaje de regreso a casa y consuma su venganza contra los pretendientes de su esposa, Penélope, al llegar de nuevo a su hogar, tras años de ausencia. Su viaje y su camino fueron largos y llenos de dificultades.

Pero, incluso esos pensamientos no lograron evadir mi mente de una cierta inquietud que me invadía. Estaba seguro de que algo iba a suceder y que se iba a poner un brusco fin a esta monotonía.

Por ello, cuando vi delante de mí un coche aparcado a un lado de la carretera y una figura familiar casi di un respingo en el asiento. Era Peter.

22. DIÁLOGO

—¿Es tu primer maratón?

—No, qué va. Es mi quinto maratón, pero es la primera vez que corro en Nueva York. Vine el año pasado, pero como se canceló...

—Sí, fue una buena faena. Sobre todo para los que venís de lejos.

—¿Tú eres de Nueva York?

—No. Yo nací en Cuba, pero vivo aquí desde hace muchísimos años, y he corrido todas las ediciones del maratón de Nueva York.

—¿Qué me dices? ¿Todas?

—Sí, todas. Fui de los ciento veintisiete corredores que participamos en la primera edición dando vueltas a Central Park en 1970, y uno de los cincuenta y cinco que lo terminamos. Yo tenía poco más de veinte años. Seguramente ésta será mi última participación. Cada vez me cuesta más entrenar.

—Vaya, es increíble que hayas corrido todos los años.

—Sí, he tenido mucha suerte con las lesiones, y nunca he estado enfermo.

—¿Y ha cambiado mucho la carrera?

—Sí, muchísimo. Los primeros años solo dábamos cuatro vueltas a Central Park, luego ya en 1976 se empezó con el recorrido actual, para tocar los cinco barrios de la ciudad. Es más bonito así, pero ahora hay tanta gente que echo un poco de menos aquellos años en los que corríamos en familia. Lo que creo que no ha cambiado es su carácter popular. Aquí viene todo tipo de gente y se disfruta mucho, por eso lo corro todos los años.

—Seguro, y por eso somos tantos los que queremos venir a correr aquí, es como un sueño.

—La verdad es que sí. No son los records de los ganadores los que dan fama a este maratón, sino los miles de corredores populares que participamos. Es algo grande.

—¿Y cuál es tu parte favorita de la carrera?

—Hay muchas. La entrada a Brooklyn es especial, el paso de Queensboro, Central Park, la meta,… Todo me gusta mucho, creo que no podría elegir un tramo solo. Incluso este paso por Queens, que en principio no es el más bonito me gusta mucho. Ya podemos sentir cerca Manhattan y eso me anima siempre.

—La verdad es que a mí, cuando hemos entrado en Brooklyn se me ha puesto la piel de gallina, igual que a la salida. Ha sido tal y como lo había soñado.

—Todo en este maratón es un sueño. No lo olvides.

—¿Qué tal va todo, David?

—Hola, Peter. Bien, dentro de lo que cabe. No he tenido ningún problema. Espero que todo siga igual. Por cierto, ¿sabe algo de cómo va la investigación de lo del alcalde M.B.?

—Pues por suerte para usted, no parece que hayan avanzado mucho. Si no hacemos nada raro creo que podrá volver a casa con total tranquilidad dentro de unos días.

—Hombre, no creo que lo que estamos haciendo usted y yo sea precisamente hacer algo normal.

—Me refiero a que debemos seguir como hasta ahora, haciendo las cosas bien, sin ponernos nerviosos. ¿Está usted nervioso?

—Pues, la verdad, he estado más relajado en otros

momentos de mi vida.

—Seguro que sí, pero a la vista de lo bien que manejó la situación en Hamel estoy seguro de que todo va a salir bien. No le voy a pedir que haga nada que usted no quiera hacer. Sé que tiene dudas, pero estoy convencido de que pensamos lo mismo sobre cómo tratar a ciertas personas.

—Y supongo que su presencia aquí, en este rincón perdido de Norteamérica, estará relacionada con alguna otra persona con la que debo tratar, ¿no es así?

—Supone bien. Unos kilómetros más allá, al poco de pasar la frontera con Colorado por esta misma carretera US160, encontrará un pequeño pueblo llamado Kim. No vaya usted muy rápido, pues es un pueblo tan pequeño que si corre se lo saltará sin darse cuenta.

—Descuide, casi no puedo conducir más despacio por estas carreteras sin llamar la atención. Me relaja conducir así por aquí, y creo que es lo que necesito.

—De acuerdo, entonces siga así. En Kim encontrará una pequeña congregación religiosa de La Iglesia de Cristo. Uno de los encargados es de Nueva York. Le conocí hace unos cuantos años. Se cansó de vivir entre millones de personas y se fue a buscar a Dios en un pueblo de menos de cien habitantes en mitad de la nada. Yo no pertenezco a esa Iglesia, pero no soy quién para decir si los seguidores de La Iglesia de Cristo tienen más razón que yo o están más cerca de Dios. Por mí, mientras no se metan con nadie cada cual puede pensar y sentir lo que le dé la gana, ¿no está de acuerdo?

—Completamente de acuerdo.

—Perfecto. Normalmente los miembros de esta congregación hacen su vida normal y su preocupación religiosa solo les hace que intenten conseguir adeptos a sus creencias cada vez que hablan con alguien. Ya sabe. Cristo les ha pedido que esparzan su semilla y ellos se ponen a ello con fervor.

—Sí, conozco gente así.

—Pero siempre hay alguien que la caga, alguien que se cree un enviado de Dios, alguien para el que los fines justifican cualquier medio. Y en Kim hay uno de ésos, por desgracia para mi amigo y el resto de los miembros de su Iglesia.

—¿Y usted quiere que yo me encargue de él, no es así?

—Bueno, a mí si solo fuera un chalado que se cree Jesucristo me daría igual, pero, por lo que me ha contado mi amigo, estamos ante un tipo peligroso. No lo pueden probar, pero en los últimos años ha habido un par de desapariciones extrañas, gente que no quería saber nada de la Iglesia y que, de la noche a la mañana, deja su granja y se marcha, desaparece sin dar ninguna explicación, ni despedirse de sus vecinos. Cosas raras. Y ambos eran personas a las que este tipo perseguía para despertarles la fe.

—Ya, comprendo. Sospechoso.

—Sí, muy sospechoso. Por eso debe usted parar en Kim y hablar con él. Pero tenga cuidado, parece alguien más peligroso que el desgraciado de Hamel. Debe mantenerse despierto y no dormirse.

21. A MEDIO CAMINO

Subiendo el Puente Pulaski paso de Brooklyn a Queens y estoy a punto de atravesar la línea de la Media Maratón. A mi izquierda veo el Empire State Building, pero no disfruto mucho de su vista ya que el dolor de la pierna me hace detenerme en esta terrible cuesta del puente para ver si estirando un poco la musculatura se me pasa la desagradable sensación de que me va a dar un fuerte tirón en el gemelo.

Miro el reloj y veo que voy muy lento, pero no me importa. Eso hoy no es lo importante.

Mientras me estiro, veo gente que sube el puente caminando. No es que sea mucha la pendiente, pero con más de veintiún kilómetros en las piernas para muchos cualquier pendiente es demasiada. Y hoy yo soy uno de esos muchos.

Sigo corriendo despacio. Si ahora me duele así estoy empezando a preocuparme por lo que me espera en el segundo medio maratón. Menos mal que hoy no tengo ninguna preocupación por el tiempo que tarde en acabar la carrera. El día es bueno y pese a los dolores estoy disfrutando mucho del ambiente, así que si tengo que caminar algún rato de aquí a la meta no me va a importar en absoluto.

Es curioso, pero el último día que hice un entrenamiento largo, hace un par de semanas, me encontré muy bien. Corrí más de veinticinco kilómetros a un ritmo mucho más rápido de lo que lo estoy haciendo ahora y todo fue fenomenal. Claro que no había tenido que viajar en un incómodo avión ocho horas, ni había estado caminando por Nueva York todo el día antes, ni me había tenido que levantar a las cuatro de la mañana, ni estaba con el horario cambiado por el *jetlag*.

La verdad es que este maratón, entre lo cansado que llegas a la salida y las cuestas que tienen los puentes, es bastante más duro que lo que cualquiera puede pensar. Pero a la vez, con este fantástico público y la gran motivación que todos los que estamos aquí tenemos por correr hoy, creo que seguramente será de los maratones en los que más seguridad tengo de que lo voy a terminar pase lo que pase.

Pero la meta está aún demasiado lejos. Ese momento llegará más tarde. Ahora solo estoy a mitad del camino, del largo camino.

A lo lejos miro de nuevo al Empire State y recuerdo las vistas desde su alto. Desde allí vi hace un par de días casi todo el recorrido del maratón. Se ve a lo lejos Staten Island y el puente Verrazano-Narrows. Se ve todo Brooklyn y Queens, y después todo Manhattan. Lo único que no se ve desde el Empire State es Central Park y el Bronx, pero los vi muy bien anoche desde lo alto del Top of the Rock, en el Rockefeller Center, otro mirador privilegiado de esta maravillosa ciudad.

Y ahora estoy aquí, en mitad del puente Pulaski, un puente anónimo de Nueva York, uno más que no tiene ni una pequeña porción de la fama de otros puentes, como el de Brooklyn o el de Queensboro. Nueva York es una ciudad con muchos puentes.

Ayer, mientras miraba Manhattan y Central Park desde lo alto, pensaba en cómo estaría hoy, corriendo por estas calles, soñando por última vez este viejo sueño que hoy se está haciendo realidad. Y es curioso que ahora, a mitad de camino de la materialización de este sueño, piense en ayer, en cómo me imaginaba a mí mismo corriendo hoy. "Todo en este maratón es un sueño. No lo olvides". Ahora sueño en mi yo de ayer y a la vez sueño en mi yo de dentro de unas horas, cuando atraviese la línea de meta en Central Park realmente, no en medio de un sueño.

Soñar es vivir. Vivir es soñar. Todo es un sueño. Todo en nuestra vida es vivir este instante en un presente efímero recordando lo que soñábamos ayer y soñando en qué nos pasará mañana.

Mañana. ¿Dónde estaré mañana? ¿Qué me espera luego en el hotel? ¿Qué será de mí? No lo sé.

Conducir por esta parte de Colorado no me pareció muy diferente a hacerlo por el centro de Kansas. El paisaje es prácticamente idéntico. Casi nada a un lado y casi nada al otro lado. Es como estar en medio de la mar, pero sin olas.

Hacía frío y soplaba un viento desagradable y cada vez que paraba la furgoneta en el arcén para estirar las piernas no tardaba en volver a meterme dentro de ella. Por suerte no llovía.

Antes de llegar a Kim pasé un par de noches en Davidson City, en Kansas. Mi idea era estar en Kim y sus alrededores el menor tiempo posible. Cuando menos gente se fijara en mí, mejor, y más teniendo en cuenta que en Kim solo viven unas pocas decenas de personas, y estaba seguro de que cualquier forastero llamaría la atención.

Davidson City tampoco es que fuera muy grande, pero por lo menos encontré un motel, el Restwell, donde pude estar tranquilo descansando y preparando un plan para mi trabajo en Kim. Era un motel pequeño, con buen sitio para aparcar y unas habitaciones muy funcionales en varios bloques de un solo piso. Para mí perfecto.

Apenas salí de la habitación esos dos días, tan solo para ir a buscar algo para comer y para estirar las piernas. Pero la mayor parte del tiempo estuve estudiando la información que Peter me había pasado sobre mi trabajo en Kim. No parecía una labor sencilla, porque el pueblo era demasiado pequeño y era muy posible que en cuanto me detuviera allí cualquiera me miraría curioso. Así que decidí que lo mejor sería hacerlo de noche. Peter me había explicado dónde vivía el tipo al que debía ver, así que estuve estudiando a través de Internet las calles de Kim para planear todo lo mejor posible.

Y por fin, cuando ya me vi preparado, dejé Davidson City y seguí el camino hacia la segunda parte del maratón que estaba recorriendo por todos los EE.UU.

20. TENER FE

Una hora larga después de ponerse el Sol, detuve la furgoneta junto a un cartel en la US160, al norte de Kim, en el que se podía leer "Welcome to Kim. Pop 63. Elev 5690 ft". Apagué las luces y seguí conduciendo despacio hacia el pueblo. Tan solo algunas farolas alumbraban las solitarias calles y, salvo un par de gatos que cazaban por allí, no había la más mínima señal de que alguno de los sesenta y tres habitantes del pueblo de Kim estuviera vivo.

Por el oeste la Luna grande estaba ya cerca de ocultarse tras el horizonte en su fase de cuarto creciente, pero el cielo estaba bastante cubierto por lo que apenas se distinguía nada entre las sombras de la noche. Algún coyote aullaba lastimeramente a lo lejos y un grupo de perdices, asustadas por el coyote, echó a volar de forma apresurada.

Giré a la izquierda junto al cementerio y aparqué la furgoneta a un lado. Al salir, un escalofrío me recorrió el cuerpo, pues el viento que se levantó era helador y apenas se podía aguantar sin abrigarse muy bien. De todas formas me alegré, ya que el ruido del viento amortiguaría cualquier sonido que yo hiciera, por lo que me iba a ser más fácil el pasar inadvertido durante mi estancia allí.

Caminé ligero por la calle, más bien una pista de tierra, que rodeaba al cementerio de Kim y luego, tras un par de giros, me acerqué a una granja bastante bien conservada en la que había un todo terreno en la puerta junto a un tractor y otra maquinaria agrícola. No se veía ni una luz en la casa y por suerte tampoco parecía que hubiera ningún perro que pudiera delatarme. Detrás de la casa, la nada. Solo un campo infinito y plano se perdía hacia la profundidad de Colorado y el horizonte se fundía en las tinieblas.

Me acerqué a la casa y la rodeé. Todo parecía cerrado, pero una de las puertas que daba acceso al granero de la parte trasera no estaba cerrada del todo y entré. Atravesé el granero, que hacía las veces de almacén, y vi que había una escalera que subía a una estancia del piso superior. Con sigilo, valiéndome de una pequeña linterna, accedí al piso de arriba. Había un pasillo largo por el que llegué a la cocina.

Salvo un par de platos de la cena, todo estaba bastante recogido y limpio. Un gran dibujo con el rostro de Jesucristo presidía la estancia y junto a él había un calendario con varias escenas religiosas en las que Jesús era siempre la figura central.

Seguí adelante y por fin llegué a una habitación que tenía la puerta entreabierta. Por el sonido que me llegaba, estaba claro que alguien dormía profundamente. Su respiración era muy sonora, pero sin llegar a roncar. Alumbré con cuidado a la cama para verificar que solo hubiera una persona, como así era. Un hombre corpulento y de pelo cano dormía boca abajo. Sin duda era la persona de la que Peter me había hablado.

Saqué la pistola y encendí la luz de la habitación mientras le apuntaba a la cabeza.

Tardó más tiempo del que había previsto en despertar, pero al final vi que su cuerpo empezaba a moverse y con los ojos cerrados alargó su mano hasta la mesilla para coger el reloj y comprobar la hora que era, pero antes de que él pudiera hacerlo yo mismo se la dije y terminé de despertarlo.

—Es la hora de reunirse con Dios —le grité.

Como me imaginé, dio un salto en la cama y se incorporó aún desorientado.

—Pero, ¿qué demonios? ¿Qué pasa? ¿Quién es usted?

Por más que su cabeza trataba de situarse, el brusco despertar y la luz que todavía le cegaba la vista le impedían saber qué estaba pasando.

—Le estoy apuntando con una pistola, no se mueva de la cama o le disparará —le dije con voz firme y hablando despacio para que me entendiera bien.

Sus ojos se iban adaptando a la luz y me miró con la mano en la frente tratando de no deslumbrarse. Su rostro mostraba sorpresa. Luego vi cómo miraba mi pistola y además de sorpresa el miedo también pasó a adivinarse en su cara.

—No me dispare —suplicó—. Si quiere dinero ya le diré dónde lo guardo, pero no me dispare.

—No quiero su dinero. Solo he venido para hablarle de Dios. ¿Tiene usted fe en Dios?

—¿Eh? Sí, por supuesto —balbuceó todavía desconcertado. Se notaba que no tenía claro si yo era un sueño o si era real. Decidí despertarlo de todo y le pegué una patada en la pierna que le colgaba de la cama.

Ahora ya estaba bien despierto y bastante asustado, como yo quería. Todo estaba bajo mi control.

—Bien —dije—. Escúcheme. Sé que es usted un hombre temeroso de Dios. Todos saben su dedicación a la comunidad y la Iglesia de Cristo aquí, en Kim. Nadie duda de su devoción y a su gran determinación de ganarse un lugar allí arriba. Pero, mi pregunta es, ¿hasta qué punto está usted comprometido con Jesús?

—¿Cómo? No le entiendo —su cara seguía reflejando el gran temor que me tenía y su cerebro no llegaba a procesar todo lo que le estaba pasando—. Yo, yo,... Usted mismo lo ha dicho. Todos saben lo que hago por nuestra Iglesia.

–Sí. Todos saben lo que hace, pero, ¿saben ellos todo lo que hace?

–Sigo sin entender.

–Creo que usted entiende perfectamente lo que quiero decir. Yo sí sé lo que ha estado haciendo estos años por su Iglesia. Y, como puede imaginarse, hay más gente que lo sabe, gente a la que no le parece del todo bien lo que ha hecho usted.

Iba a hablar de nuevo, pero se lo impedí.

–Cállese, no diga nada y escuche.

Me senté tranquilamente en una silla y, sin dejar de apuntarle con la pistola, le conté lo que Peter me había dicho sobre él. Quería ver la reacción en su rostro.

Mientras corro ahora por Greenpoint, al norte de Brooklyn por la Avenida Manhattan, cerca del kilómetro 20 de la carrera, veo una bonita iglesia católica a la derecha de la calle. Es la Iglesia de San Antonio de Padua, que con su fachada de ladrillo rojo me llama la atención.

El recuerdo de mi paso por Kim el año pasado me viene a la mente al acordarme de la Iglesia de Cristo y de su ferviente seguidor. Fue una noche memorable y durante unos metros no pienso en el dolor de mi pierna, ni en mi corazón trabajando cuando aún ni siquiera he completado la mitad del maratón, ni en el esfuerzo.

Pienso en aquel pueblo perdido en la mitad de la nada, un pueblo de poco más de medio centenar de habitantes y comparo su vida con la de los millones de habitantes de Nueva York. Allí se conocen todos y aquí apenas se conoce nadie. Allí apenas hay nada que hacer tras el trabajo, y aquí lo difícil debe de ser el no tener nada que hacer.

De todas formas, incluso en una ciudad tan grande como Nueva York la vida de las personas no difiere tanto como la de los que viven en un pueblo. Una vez leí que el número de personas con las que nos relacionamos de manera fluida en nuestra vida es más o menos de un par de centenares como mucho, y da lo mismo que vivamos en un pueblo de pocos centenares de vecinos que en una ciudad de varios millones de habitantes, ya que, al final, es difícil que interactuemos con mucha más gente que ese par de centenares.

Pero sigo pensando en Kim, Colorado, y deduzco que para relacionarse allí con dos centenares de personas habrá que conducir muchos kilómetros hasta los pueblos más cercanos. Seguramente más de los veinte kilómetros que llevo recorridos hasta ahora.

19. SEGUIR

Poco a poco vamos terminando de correr por Brooklyn. Sigue habiendo público, aunque ya no es la avalancha que nos ha recibido al terminar de cruzar el puente de Verrazano y entrar en el barrio. Ahora voy atravesando un pequeño parque al final de la Avenida Bedford y aunque noto la tirantez en el gemelo, todavía no me duele de verdad. No miro el reloj. ¿Para qué? Sé que estoy corriendo muy lento, mucho más que en cualquiera de los entrenamientos largos que he hecho los meses anteriores, pero no importa, estoy disfrutando un millón de veces más. Todo es casi como lo había soñado. El público, el ambiente, mis sensaciones, mi alegría,... Cada vez que alguien del público me anima por mi nombre sonrío aún más y se lo agradezco de corazón. Sé que parece una tontería, pero los ánimos del público me empujan de verdad y mis piernas intentan seguir el ritmo alegre de mi corazón.

Intento mantener mi rutina de comer y de beber, pues aunque no estoy especialmente cansado, en un maratón nunca sabes cómo va a reaccionar exactamente tu cuerpo más adelante y es mejor no cometer errores. Además, aunque es verdad que aún no noto un verdadero cansancio, el dolor en el gemelo me invita a ser prudente.

Aquella noche en Kim supe muchas cosas acerca de hasta dónde puede llegar una persona fanática. Ante cualquier fanatismo, ante cualquier idea que nos parece que es la única verdad absoluta, es fácil pensar que los que no piensan como nosotros están tan equivocados que tenemos no solo el derecho, sino el deber de hacerles ver la luz, de iluminarles el camino, de hacerles llegar a donde hemos llegado nosotros. Si demuestran dudas o recelos, no es raro que creamos que es porque no han sabido ver lo que nosotros ya vimos hace tiempo, y entonces podemos llegar a convencernos de que es mejor que nos den la razón antes de que pierdan el tiempo en reflexiones que, sin duda, al final les conducirán a la misma conclusión que ya sabíamos nosotros antes que ellos. Para qué van a perder el tiempo.

Mientras el tipo se calmaba algo aún medio tumbado en su cama, empecé a contarle lo que sabía de él. Al principio no pareció sorprendido ni preocupado, incluso llegué a pensar que tal vez no era cierto lo que Peter me había contado. Pero en cuanto le hablé de los desaparecidos y le dije que yo sabía que él era el responsable empezó a cambiarle el rostro. Claramente se veía que se sentía atrapado.

—¿Qué es lo que está usted dispuesto a hacer por su Iglesia? —le pregunté una vez más.

—Mi Iglesia es lo más importante para mí —dijo sin ningún atisbo de duda.

—Ya sé que es importante para usted y para mucha gente, pero no todo el mundo dedica todo su esfuerzo a conseguir nuevos miembros para su congregación, pero usted parece especialmente entregado a su causa.

—Cristo me ayuda. Él me permite vivir sin preocuparme de las cosas de este mundo para que yo le encuentre almas que le sigan. Es su deseo.

—Sí, ¿pero qué pasa cuando alguna de esas almas no quiere seguirle?

—Entonces yo le explico la palabra de Cristo, para que al

escucharla entiendan su mensaje.

—Ya veo, y cuando alguien no quiere seguir escuchando, digamos que usted toma la decisión de que su alma no merece seguir pegada a un cuerpo que se opone a la verdad.

—La verdad es solo una, la de Cristo. Es así, y así debe seguir siendo.

—Hábleme de sus vecinos Oswald y Clare. Creo que estuvo mucho tiempo detrás de sus almas. ¿Qué pasó? ¿Por qué se fueron del pueblo? ¿O no se fueron?

Vi cómo se ponía nervioso al nombrar a las dos personas que Peter me había dicho que habían desaparecido. El amigo de Peter estaba convencido de que él tenía algo que ver con ello, y yo estaba decidido a saber la verdad.

—Oswald y Clare eran unos granjeros ignorantes. Venían a nuestra Iglesia de vez en cuando, pero por más que yo les comunicaba la palabra de Jesús ellos no eran capaces de entenderla y Él me encargó personalmente que me hiciera cargo de ellos, que les trajera al redil.

—Pero ellos no querían, ¿verdad?

—No, no querían. Ya le digo que eran unos palurdos y no entendían nada.

—¿Y a dónde se fueron? ¿Y por qué se fueron de repente?

—No lo sé, yo traté de hablar con ellos varias veces sobre su deber hacia Jesucristo, pero ellos no me entendían, o no me querían entender. Por más que les insistía ellos no querían saber nada de mí. Y un día se fueron. No los vi más.

—Es raro que alguien que ha vivido en un pueblo como éste toda su vida se vaya así, de repente.

—Sí, es raro, pero es lo que pasó. Créame.

Me miró con rostro de querer hacerme creer que decía la verdad, pero había algo que no me gustaba en su mirada recelosa y esquiva. Todo en aquella persona, en su forma de mirar, en su forma de moverse decía lo contrario de lo que sus palabras expresaban.

Yo no sabía qué pensar. Por un lado no tenía pruebas de que todo lo que me había contado Peter fuera verdad, pero yo estaba convencido de que cuando Peter me decía algo solía ser cierto.

—Creo que ya no podré volver a dormirme después del susto que me ha dado —me dijo ya en un tono más calmado—. ¿Le importa que bajemos a la cocina y que prepare un café?

No me pareció mala idea, así que bajamos. Él iba por delante y yo le seguí. Al llegar a la cocina encendió la luz y puso la cafetera al fuego.

—¿Es usted seguidor de Cristo? —me preguntó de repente.

—No creo que eso importe mucho ahora —le contesté—. Yo a mí manera soy religioso, pero no es que esa sea una gran preocupación para mí.

—Pues debería pensar más en el mensaje de Jesús. Es lo más importante de esta vida.

—Bueno, tal vez sea lo más importante en su vida, pero no en la mía, ni por lo que veo tampoco lo era en la vida de Oswald y Clare.

Me sirvió un café muy aguado para mi gusto. Pero a esas horas me vino bien tomármelo. Él se sentó junto a la mesa. Yo seguía con la pistola en la mano, ya que seguía desconfiando de su actitud

—Oswald y Clare —comenzó a explicarme— eran, como le he dicho, unos paletos. Es normal que viviendo en un pueblo como éste la gente sea algo pueblerina, pero, a pesar de lo que piensen los ilustres habitantes del Este o de la moderna California, aquí en el medio del país no estamos tan atrasados. Pero ellos dos eran la pareja más pueblerina que he visto nunca. Cualquier cosa les parecía mal, salvo que en su familia se hubiera hecho así con anterioridad.

–Pero aquí la gente es muy religiosa, ¿no?

–Sí, ellos también, pero cada vez que yo intentaba hacerles ver que debían dar un paso más hacia Cristo, ellos se quedaban parados y no había forma de hacerles avanzar.

–Así que necesitaban un buen empujón.

–Se puede decir que sí.

–Y usted se encargó de darles ese empujón, ¿verdad?

–Alguien tenía que hacerlo. ¿Quiere más café? –dijo mientras cogía la cafetera para rellenarla.

–Sí, por favor –le contesté. Por supuesto que necesitaba más café, ya que aquello era más agua que otra cosa y me venía bien un café algo más cargado para mantenerme alerta.

–Vaya, se me ha terminado –dijo de pronto enseñándome un paquete vacío de café–. ¿Le importa si bajo a la despensa a por más? –me preguntó señalando con el paquete vacío hacia el pasillo.

–Está bien, pero yo le sigo, si no le importa.

Nos levantamos y fui tras él apuntándole con la pistola. Al llegar al final del pasillo abrió una puerta y bajamos unas escaleras. Estaba oscuro, pero al llegar abajo encendió una luz. Yo, por si acaso encendí la linterna. No quería que de repente él apagara la luz y me atacara, ya que él conocía la estancia pero yo no.

Estábamos en un pequeño almacén más o menos en el centro de la granja. El suelo y las paredes eran de madera y había bastantes baldas con multitud de artículos, como latas de comida, algunas herramientas, botellas y cosas así.

El tipo miró hacia alrededor. Parecía que buscaba algo concreto.

–Si no le importa, el café y otros productos perecederos los guardo en el almacén de abajo, porque la temperatura es más constante y todo me dura mucho más –y tras decirme eso apartó una caja y abrió una trampilla que pasaba totalmente inadvertida. Era un buen escondite, pues si él no la hubiera abierto delante de mis narices estoy seguro de que nunca me hubiera dado cuenta de la existencia de esa trampilla de tan bien disimulada que estaba.

—Supongo que querrá acompañarme —añadió, y bajó por una empinada escalera hacia ese almacén oculto.

Yo me quedé arriba iluminando con la linterna, y cuando él llegó abajo le pedí que se apartara un poco y bajé.

Era un almacén muy estrecho y el suelo era la propia tierra que había bajo la granja. Me fijé en que en algunas zonas del suelo la tierra presentaba un color diferente a otras zonas, como si alguien las hubiera removido no hacía mucho.

Había varias cajas en unas baldas en un costado. Se agachó hacia una de ellas como para buscar algo y estiró el brazo.

—Como le decía —empezó a hablar de nuevo mientras cogía algo de un rincón de la balda—, Oswald y Clare no querían saber nada de mi misión en la Tierra. Por ello me vi obligado a darles ese pequeño empujón que ha dicho usted —y mientras terminaba la frase se volvió de repente con un bate de béisbol y se lanzó gritando hacia mí.

Con el brazo izquierdo logré parar en parte su golpe, pero sentí tal dolor que casi me dejó paralizado y caí de espaldas.

Él se levantó y con otro golpe de bate logró quitarme la linterna de la mano izquierda, que ya casi no la podía sentir por el dolor. Luego alzó de nuevo el bate para volver a golpearme y entonces disparé instintivamente hacia él casi sin ver nada.

Oí un golpe y luego un gemido. Me levanté como pude y recogí la linterna, que había caído detrás de unas maderas que había en una esquina. Por suerte aún funcionaba y alumbré hacia donde se oían los gemidos.

El tipo estaba en el suelo y se agarraba el pecho con las manos ensangrentadas. Le había dado.

Me miró con cara de sorpresa y de odio a la vez. Luego intentó decirme algo, pero ya no tuvo tiempo. Su cuerpo se quedó inmóvil apoyado en la pared. Estaba muerto.

Me agarré del brazo izquierdo. Notaba un dolor muy fuerte y apenas podía moverlo. Miré alrededor. La verdad es que era un buen lugar para esconder un cadáver, por lo que supuse que Oswald y Clare estarían allí enterrados. No quería estar más tiempo del necesario allí, así que no traté de comprobar si allí había algún cuerpo. Subí al almacén de arriba con dificultad ayudándome solo de la mano derecha y cerré la trampilla. Estaba muy bien hecha y me pareció que solo alguien que supiera de su existencia podría abrirla, y casi estaba seguro de que nadie más sabía lo que se escondía en la granja.

Cuando cerré la trampilla me pareció oír una voz de mujer y la volví a abrir. Alumbré al tipo y vi que seguía bien muerto. Pero cuando cerré de nuevo la trampilla oí de nuevo una voz femenina y casi puedo jurar que decía claramente "Sáqueme de aquí". Era un sonido lejano, pero el mensaje me llegó con claridad. Me detuve un instante para intentar concentrarme en ese sonido, y de nuevo me pareció oír, de forma muy vaga y débil, una voz de mujer y otra de un hombre mayor que me decían "Ayúdenos, ayúdenos". Bajé una vez más, pero no vi nada ni volví a escuchar nada. Así que me marché de allí.

Subí a la cocina y lavé y recogí las tazas del café. Luego fui a la habitación y dejé la cama hecha y todo ordenado asegurándome de no dejar ninguna huella de mi paso. Si alguien aparecía por la granja pensaría que el tipo había salido y seguramente pasarían días hasta que alguien le echara de menos en el pueblo. Con un poco de suerte, pensé, quizás nadie encontraría nunca su cadáver.

Luego se me ocurrió que quizás alguien habría oído el disparo, pero me pareció que desde el exterior era casi imposible que se hubiera oído un tiro en el almacén secreto. Así que salí de la granja y regresé a mi furgoneta. Seguía haciendo frío y ahora era la Luna pequeña la que se veía entre las nubes y la que estaba a punto de ocultarse siguiendo el camino de su hermana mayor.

Arranqué el motor y con las luces apagadas atravesé Kim sin que nadie me viera. Al llegar a la salida del pueblo me fijé en el cartel que había para los que llegaban por el sur con la leyenda "Welcome to Kim. Pop 63. Elev 5690 ft".

Ya se encargaría alguien de corregirlo, pensé.

18. VOCES

Aún oigo las voces de Oswald y Clare ahora, mientras corro por la Avenida Bedford a la altura de la 4ª Avenida. Sus voces se confunden con las miles de voces que nos jalean y animan. El kilómetro 18 de un maratón es una zona dura. Ya se nota el cansancio y el final está lejos, muy lejos. Aquí, en Nueva York, hay muchas voces que te ayudan a que estos largos kilómetros de la parte media de la carrera pasen con más facilidad sin que te dé tiempo a pensar en nada más que no sea en correr y en saludar al público, que se lo merece, que nos lo agradece.

Es una fase en la que el cuerpo empieza a sentir el shock del maratón, donde realmente empiezas a darte cuenta de lo que significa correr tantos kilómetros. Ahora te empiezan a molestar realmente algunos músculos y no puedes evitar pensar que aún te queda mucho más que la mitad de la carrera por delante. Las dudas te asaltan y el miedo a no terminar la prueba, el miedo a un fracaso te puede llegar a atenazar.

Por eso es importante elegir bien en qué maratón vas a correr por primera vez esta distancia, ya que si llegas a este punto y hay pocos corredores y hay poco público es muy probable que pienses realmente en la retirada.

Pero eso no puede pasar en el Maratón de Nueva York. No, aquí no. Aquí hay mucha gente a tu alrededor, muchos otros corredores y muchas voces que te empujan hacia la meta, que te impiden pensar siquiera en no terminar.

Pero a pesar de todo esto, no dejo de escuchar, casi desapercibidas detrás de cientos de voces que gritan "Go, go, David" y muchos otros nombres y muchos otros mensajes de ánimo, aquellas voces que me pedían ayuda. No sé si eran voces reales o solo fue mi imaginación que se desbocó como mi corazón tras aquella pelea a vida o muerte. No fue una pelea como la que tengo ahora contra la distancia. Fue una pelea contra alguien que quería matarme, algo que nunca antes había vivido y que deseo no volver a experimentar nunca más.

Tras salir de aquella granja y alejarme de Kim, tardé un buen rato en calmarme lo suficiente como para poder pensar con perspectiva sobre lo que había pasado. Cuando ocurrió lo de Hamel yo tenía todo el rato el control y no pensé ni un instante que podría pasarme algo. Pero con el tipo de Kim vi que podía haber muerto yo en su lugar, y eso me hizo pensar.

Todos sabemos que algún día vamos a morir, pero por suerte no sabemos ni cuándo ni cómo sucederá lo inevitable, y eso nos hace vivir en cierta manera como si nunca fuera a ocurrir, como si fuéramos inmortales. Por eso, cuando te sucede algo que te recuerda la fragilidad de la vida, de tu vida, una alarma se despierta en tu interior y a partir de ahí nada puede ser igual. Hasta ese instante la posibilidad de la muerte es algo lejano, casi inexistente. Pero desde el mismo instante en el que te das cuenta de que puedes morir en cualquier momento, ya nunca más puedes dejar de pensar en que la muerte está siempre ahí, esperando pacientemente, sabedora de que tarde o temprano tienes una cita con ella.

Mientras pensaba en ello, conduje veloz por la US160 hacia el oeste por el sur de Colorado, hacia las Montañas Rocosas, para alejarme de Kim lo más posible. Estaba casi seguro de que no encontrarían el cadáver del fanático, por lo menos no en unos cuantos días, pero me pareció más seguro estar lo más lejos posible cuando eso ocurriera.

Ya hacía rato que había amanecido cuando empecé a sentirme cansado. Había sido una noche agitada. En Trinidad dejé la US160 y cogí una ruta secundaria por la estatal 12 de Colorado, siguiendo a la inversa el recorrido de la Race Across America. Podría haber ido más rápido siguiendo la US160 hacia Walsenburg, pero quería recordar los paisajes que vi cuando pasé por aquí con la carrera, y además, pensé, si alguien intentaba seguirme desde Kim no se le ocurriría que yo iba a tomar esta carretera. Y por último, no podía olvidar que había acordado la ruta a seguir con Peter y no me atreví a cambiar los planes por mi cuenta.

Crucé el Cuchara Pass, a más de tres mil metros de altitud, por una preciosa carretera de montaña. Ya había nieve y hacía bastante frío, pero no tuve ningún problema para circular por allí, por suerte, ya que aún me dolía mucho el brazo izquierdo por el golpe. Luego bajé a través de un paisaje magnífico hacia el Cuchara Valley y finalmente me detuve en un pueblo llamado La Veta, al pie de las Montañas Rocosas, donde cogí una habitación en un pequeño hotel hecho de adobe al estilo de Santa Fe, según me indicaron amablemente los dueños, llamado Inn at the Spanish, para descansar hasta el día siguiente. Estaba realmente agotado, así que en cuanto entré a la habitación me desvestí y me tumbé en la cama y me dormí enseguida. Lo necesitaba.

Al cabo de unas pocas horas me despertó el teléfono. En cuanto mi cabeza se despejó lo suficiente como para saber dónde diablos estaba, pensé inmediatamente que sería Peter. Acerté.

–Buenos días, David. ¿Qué tal le fue en Kim? –me

preguntó casi de sopetón.

Tardé un poco en contestarle, porque, la verdad, estaba aún con la cabeza embotada del cansancio.

—Supongo que podría decir que bien está lo que bien acaba —dije finalmente—. Pero a punto estuvo el asunto de no salir del todo bien.

Le conté a grandes rasgos mi encuentro en Kim con el tipo de la granja y cómo me atacó con un bate de béisbol. También le conté lo que había averiguado sobre la desaparición de Oswald y Clare, aunque preferí no decirle nada acerca de las voces que había escuchado.

—Así que tuvo usted miedo —me preguntó con una afirmación.

—La verdad es que sí. Con el tipo de Hamel yo controlé la situación en todo momento, pero aquí hubo un instante en el que me vi perdido. Tuve suerte, y eso me ha dejado muy intranquilo, no lo voy a negar. No sé si puedo volver a arriesgarme así.

—Comprendo. No es nada agradable el que le ataquen a uno y que alguien trate de matarnos. Yo solo he vivido dos situaciones parecidas en mi trabajo como policía, y comprendo que para alguien como usted, alguien que no se relaciona habitualmente con personas que desean quitarle a uno de en medio, sea una situación muy dura. Pero esto también tiene su parte positiva.

—¿Positiva? No veo qué puede tener de positivo el que alguien haya intentado abrirme la cabeza con un bate de béisbol —le contesté entre asombrado y enfadado.

—Ya, le entiendo. Lo que quiero decir es que este incidente hará que esté más alerta la próxima vez.

—No creo que haya una próxima vez —dije casi sin esperar a que acabara su frase—. La verdad es que me gustaría replantearme todo este asunto de colaborar con usted. Creo que ya he cumplido mi parte.

—Sé muy bien lo que siente, David. No es fácil matar a una persona y es más difícil aún sentir que puedes ser tú la víctima. Pero le recuerdo que usted comenzó todo este asunto al matar al alcalde. Tenía que haberlo pensado antes. No me venga ahora con que no quiere seguir. Ya no queda mucho, y ahora no lo puede dejar, no lo permitiré.

Su voz sonó firme para recordarme que estaba dispuesto a hacerme seguir con nuestro acuerdo. Hablaba muy en serio y me lo dejó bien claro.

—Entiéndame —comencé a hablar con un tono más relajado, tratando de convencerle de buenas maneras—. No he dormido casi nada esta noche. Alguien intentó matarme y al final tuve que dispararle y esconder su cadáver. Quizás para usted sea algo habitual convivir con la violencia, pero para mí es algo nuevo. Ya sé que traspasé la línea con el asunto de Nueva York, pero esta noche ha sido la primera vez que veo la muerte, mí muerte, tan cerca, y estoy nervioso.

—¿Cree usted en la vida después de la muerte? —me preguntó Peter como cambiando de tema.

Dudé un poco antes de contestarle.

—No sé realmente lo que creo —dije tras una pausa que a mí me pareció muy larga—. Si me lo llega a haber preguntado hace unos meses seguramente le hubiera respondido que no estaba seguro de que hubiera algo más allá de la vida que conocemos. Pero hoy, ahora, no sé bien lo que creo, la verdad.

—¿Tanto le ha cambiado el que alguien le atacara para matarle?

Pensé en las voces que claramente oí en la granja, pero no me atreví a comentarle nada a Peter sobre ellas, pues temí que pensara que me había vuelto loco.

—En parte noto que algo ha cambiado en mí, pero no solo por haberme visto en serio peligro. Estando allí, en aquella granja, con el cadáver de ese tipo junto a mí... No sé, pero algo extraño me pasó.

Me quedé un rato en silencio y Peter, no sé cómo, se dio cuenta de que yo había percibido una presencia en Kim.

—¿Oyó una voz? —me preguntó para mi sorpresa.

—¿Cómo sabe usted lo de las voces?

—Le voy a contar una historia que nunca he contado a nadie, ni siquiera se la conté a mi esposa cuando vivía. Poco después de empezar a ser policía en Nueva York, cuando yo era un jovencito sin nada de experiencia, tuve que intervenir en un asunto muy extraño en Brooklyn. Un tipo tenía secuestrados a dos niños, dos hijos suyos, desde que se había muerto su mujer en un accidente de tráfico unos años antes. Los niños eran muy pequeños y el tipo, al parecer, había quedado trastornado por la muerte de su esposa y no los había sacado nunca de un desván que tenía en su casa.

»Un día recibimos el aviso de un vecino que decía que había visto a un niño por la casa, lo que le resultaba raro porque ese tipo había dicho a todos los del barrio que sus hijos murieron en el accidente con su mujer. El caso es que fuimos a investigar y cuando quisimos subir al desván el tipo se puso como loco. Empezó a patalear y a pegarnos patadas y no paraba de gritar que nos fuéramos de allí, que tenía derecho a seguir en su casa solo. Cuando conseguimos inmovilizarlo, lo que nos costó bastante entre tres agentes, le atamos a una silla en la cocina y yo me quedé a vigilarlo mientras mis compañeros subían al desván.

»Les resultó bastante difícil abrir la puerta, y cuando entraron allí encontraron a los dos niños en unas condiciones verdaderamente miserables. Llevaban allí unos tres años encerrados y por lo que pudimos ver casi no comían y estaban terriblemente sucios y demacrados.

Mientras mis compañeros atendían a los niños me pidieron que avisara a una ambulancia. Saqué mi radio para avisar a la central y mientras lo hacía dejé de vigilar al loco del padre de los niños. Solo fue un instante, pero él se había soltado y me atacó con un cuchillo de cocina. Por un momento pensé que me iba a matar, pero no sé de qué manera logré esquivarle. Pude sacar mi arma y le disparé dos veces.

»Mis compañeros oyeron los disparos y bajaron a todo correr dejando a los niños arriba. Cuando llegaron a la cocina yo estaba en pie con el arma en la mano y el tipo estaba muerto en el suelo. Enseguida me calmé del susto y tras explicarles lo que había pasado subí con ellos a por los niños. Los bajamos a la sala de estar y esperamos allí hasta que vino una ambulancia y pudieron atender a los niños y llevárselos a un hospital.

»Luego vinieron a por el cadáver y tuve que responder a un montón de preguntas. Antes de marcharme subí al desván por si habíamos dejado alguna cosa de importancia para la investigación, y cuando yo ya iba a salir de allí oí claramente una voz de mujer que me daba las gracias. Entré de nuevo y no encontré nada más, pero yo había escuchado esa voz tan nítidamente como si estuviera hablando con una mujer delante de mis narices.

»Mire, David. Yo estoy convencido de que hay muchas cosas en este mundo y en otros mundos que escapan a nuestra comprensión pero que sin embargo existen. Y puede que la voz que yo escuché fuera la de la madre de aquellos pobres niños, y puede que usted oyera algunas voces en aquella granja de Kim.

Tras escuchar su historia me pareció que era el momento de contarle lo de las voces de Oswald y Clare que había oído en aquella granja de Kim, Colorado. Pero Peter tomó de nuevo la palabra.

—¿Sabe, David? —volvió a hablarme con voz

tranquilizadora–. Nadie conoce cuáles son los designios del Señor. Usted y yo estamos juntos en esto, y creo que Dios no ve del todo mal lo que estamos haciendo juntos. No debe tener miedo. Ya queda poco trabajo.

Yo dudé. No es que creyera que esos tipos no debían ser castigados, pero me costaba pensar que a Dios le pareciera bien que los hubiera matado. En cuanto a lo de matarte a ti, alcalde M.B., estaba seguro de que Dios no estaría muy contento con mi acción, pero era algo diferente para mí que lo de los demás trabajos con Peter y no quería darle más vueltas.

–Mire. Antes de marcharme de la granja de Kim — empecé a explicarle a Peter–, oí voces de alguien que me pedía que le sacara de allí. No encontré a nadie y solo puedo suponer que eran las voces de las almas de Oswald y Clare, cuyos cuerpos estaban allí enterrados para siempre sin que nadie supiera nada de ellos. Cuando todo esto acabe, cuando yo esté a salvo, me gustaría que pidiera que busquen sus cuerpos en la granja. También encontrarán al del tipo que maté, por supuesto, pero no me importa, siempre y cuando yo esté a salvo.

–Descuide, David. Se hará como usted desea.

17. LA VIDA

La religión marca la vida de millones de personas en todo el mundo. Mientras sigo corriendo por la Avenida Bedford, a la altura del kilómetro 17 del maratón, atravieso el barrio judío de Brooklyn. Aquí vive la comunidad ortodoxa judía de Nueva York, y sin lugar a dudas es la zona de la carrera en la que menos se implican los vecinos con el maratón, ya que aquí son pocos los que se arremolinan al costado de la calle para animarnos.

En esta zona de Brooklyn, en Williamsburg, entre otras comunidades se agrupan los judíos ortodoxos jasidistas, y son fáciles de distinguir por sus vestimentas tradicionales, sus sombreros y su peinado. Bueno, el peinado en los hombres, ya que las mujeres no pueden mostrar su cabello salvo a su marido en la intimidad del hogar.

Visto desde fuera es curioso y llama la atención que en pleno siglo XXI, y en una ciudad tan cosmopolita, vanguardista y abierta a todo lo nuevo como es Nueva York, puedan seguir viviendo personas tan ancladas en su tradición. Pero esto no hace sino recordarme la importancia de la religión en nuestra vida.

Tras colgar el teléfono seguí un buen rato acostado en mi habitación del motel. La conversación con Peter me había desvelado, pero no tenía ninguna gana de levantarme de la cama.

Pensé de nuevo en la muerte y en el más allá. Nunca me

había preocupado demasiado por ello, pero la pelea en la granja y el tema de las voces no se me iban de la cabeza. Yo siempre había pensado que moriría de viejo, tranquilamente en mi casa, algo natural, pero ahora sentía que algo malo me iba a pasar, que mi vida estaba en peligro. Lo presentía como nunca lo había sentido antes. Y ahora estaba casi convencido de que algo de nosotros se queda en este mundo tras la muerte. Si no, lo de las voces que claramente oí y la que Peter había oído no tendría sentido. Puede que solo algunas personas las oigamos, o puede que cualquiera pueda oírlas si se dan las circunstancias adecuadas. ¡Quién sabe!

Yo nunca había tenido una relación tan directa con la muerte como hasta esas semanas, y eso, lo quieras o no, es algo que cambia la forma de ver la muerte y la forma de ver la vida. Ahora me daba cuenta de que todo mi mundo podía desaparecer en un instante en cualquier momento. Ahora sabía que la vida, mi vida, era algo muy valioso y que debía tener más cuidado.

Así que volví a meditar sobre la fragilidad de la vida, sobre la falsa sensación de inmortalidad con la que había vivido hasta ese momento. Muchas veces había oído la manida frase de que hay que vivir cada día de nuestra existencia como si fuera el último, ya que tarde o temprano lo será. Es una frase muy bonita para decirla desde un punto de vista teórico, pero obviamente es imposible ponerla en práctica. Si supiéramos con seguridad que hoy es nuestro último día en la Tierra, no iríamos al trabajo, no estudiaríamos, no haríamos nada pensando en el futuro. Sin embargo, aunque sepamos que esa posibilidad existe, no podemos evitar vivir como si realmente tuviéramos un largo futuro por delante, ya que eso es lo que más posibilidades tiene de ocurrir con nuestra vida, salvo que tengamos una grave enfermedad irreversible, seamos muy viejos o estemos en el corredor de la muerte, claro está.

Pero, sí, el incidente de Kim me había hecho pensar en la vida de otra forma. Me había hecho darme cuenta de la grandeza única de vivir.

Sin embargo, no lograba ver la misma necesidad de salvaguardar la vida de los tipos que había matado en Kim y en Hamel. Sentía que la vida de estos dos tipos miserables no merecía el mismo trato que la de otras personas y me había convencido de que mis actos sobre ellos no habían hecho sino acelerar un castigo que, sin duda, se merecían.

En cuanto a ti, alcalde M.B., algo me había cambiado tras el ataque en la granja. Si bien es verdad que nos habías hecho sufrir a muchos inocentes con tu decisión de cancelar el maratón pisoteando nuestras ilusiones, ahora tenía la desagradable sensación de que no debí dispararte. "Pero lo hecho, hecho está", pensé, y me di cuenta de que a partir de entonces tendría que vivir con mis remordimientos, con el tormento de saber que había acabado con una vida que merecía seguir su camino hasta que alguien por encima de mí lo decidiera.

Con estos pensamientos pasé la tarde. Fuera llovía y hacía frío. Fue una tarde muy desapacible, tanto fuera como dentro de mí.

Hacia las siete y media salí a cenar algo y a dar un paseo. No me apetecía mucho, pero sentí que me vendría bien. Luego regresé al hotel y me acosté de nuevo. Por suerte me dormí pronto y me desperté por la mañana con mejor humor. Pensé en quedarme en La Veta un par de días y descansar del todo, pero a la vez quería alejarme de Kim y del recuerdo de lo que pasó en aquella granja. Y además, aunque casi no era consciente de ello, algo me decía que debía acabar este recorrido por los EE.UU. y regresar a casa cuanto antes. Seguramente mi cabeza sabía que mi vida estaría más a salvo cuanto antes regresara a mi país.

Mientras desayunaba, de pronto me acordé de Corina, de su olor, de su cuerpo. Sentí su presencia tan nítidamente que incluso me excité. No habían pasado demasiados días desde que estuvimos juntos en Washington, sin embargo me parecía que habían sido meses. Pensé en llamarla, pero no me atreví puesto que mi estado de ánimo no era precisamente el mejor y seguramente me notaría extraño y yo no quería que eso pasara. No estaba seguro de que alguna vez nos volviéramos a ver, pero si hablaba con ella quería dejar que esa posibilidad existiera. ¡Quién sabe qué nos deparará el futuro!

Un par de horas después estaba de nuevo en la carretera. Un viento helador bajaba de las Montañas Rocosas y el cielo no presagiaba nada bueno. Por suerte no llovía y la carretera estaba seca. Pero me esperaba el Wolf Creek Pass.

16. CAZADOR DE SUEÑOS

Mientras conducía por la US160 a través de un paisaje imponente y salvaje, cada vez más rodeado de nieve y de una naturaleza cruel ante el invierno que ya estaba aposentado allí, no dejaba de pensar en Corina. Estaba decidido a hablar con ella lo antes posible, en cuanto mi ánimo me lo permitiera. Pero no sabía cuándo iba a ocurrir eso. Por ahora seguía sintiéndome raro, y no se alejaba de mí la sensación de que la muerte me rondaba de cerca.

Apenas había tráfico, pero pese a ello conduje con tranquilidad, sin prisa, remontando el San Luis Valley. La visión de un paisaje tan arrollador invitaba a admirarlo sin agobio. Poco a poco iba ganando altitud, puesto que iba acercándome al Wolf Creek Pass, un paso de montaña de 3.309 metros sobre el nivel del mar, el más alto de la Race Across America, en plena montaña. Pese a la nieve, que era cada vez más abundante en los bordes de la ruta, los carteles de tráfico indicaban que el paso estaba abierto al tráfico, ya que es una ruta importante en esta parte del país.

Al llegar al alto me detuve un momento para estirar las piernas y disfrutar un poco de las montañas. Hacía mucho frío, pero se podía estar un rato fuera de la furgoneta. Leí la información que venía en un gran panel sobre el lugar. Es un paso de montaña en la divisoria de aguas de EE.UU., por lo que los arroyos que nacen en sus cercanías vierten sus aguas al Atlántico o al Pacífico según en qué lado del puerto se sitúen.

El descenso estaba peligroso, pero la carretera actual, de dos carriles de subida y dos de bajada, no tiene nada que ver con lo que debía de ser el pasar por aquí unas décadas atrás.

Encendí la radio y, por casualidad, al sintonizar una emisora de música country de la zona pude oír la divertida canción de los años 70 de título Wolf Creek Pass, del cantante C.W. McCall, en la que narra la peripecia de unos camioneros que transportan gallinas al tener una avería en los frenos de su camión bajando este puerto. Yo, por suerte, no tuve ningún problema y llegué al valle sin novedad.

Paré en Pagosa Springs a comer en un local agradable y de aspecto tradicional, el Alley House Grille. Estaba bien caldeado y, debido al frío que hacía fuera, daban ganas de quedarse allí mucho tiempo, pero pedí algo ligero para comer con la idea de seguir el viaje poco después.

Mientras comía estuve leyendo un folleto turístico de Pagosa Springs y de sus numerosas fuentes de aguas termales y sus balnearios. Tenía buena pinta y estuve pensando en quedarme allí un par de días y descansar bien, pero, no sé por qué, el cuerpo me pedía seguir. Me notaba nervioso desde el suceso de Kim y mi conversación con Peter.

Después de comer di un paseo junto al río San Juan. Según el folleto del restaurante, en la época del Viejo Oeste el río San Juan hacía de límite entre los territorios de los indios navajos y de los ute, que dieron nombre al estado de Utah. No era difícil imaginar, viendo la salvaje naturaleza de esta parte del país, a los indios en su época de esplendor, a las tribus en las montañas y en estos anchos valles viviendo al ritmo de la naturaleza, con sus creencias y sus costumbres, con sus espíritus y sus tradiciones.

Estaba pensando en ello cuando se me acercó un viejo

indio. Su estado era más bien lamentable y no me recordaba en absoluto a un orgulloso "piel roja" liderando a su pueblo en la caza o en la batalla. Sí. Parece claro que, viendo a los indios que hoy día habitan lo que antes eran sus propias tierras, la época de estos pueblos ya pasó, o ya las hicimos pasar los hombres blancos que llegamos aquí hace unos pocos siglos.

El viejo se me acercó y me dijo algo en su lengua que, por supuesto, no entendí. Luego empezó a hablarme en inglés. No parecía que estuviera borracho, pero su cabeza no debía de estar en buen estado, pues entre algunas cosas que me contó sobre su vida intercalaba largos párrafos ininteligibles sobre animales o sobre otras cosas que no venían a cuento.

De lo poco que pude entenderle deduje que era un indio navajo que había nacido en Utah pero que ahora vivía en Pagosa Springs porque su hijo le había traído para que estuviera con él en sus últimos años. Su rostro estaba terriblemente arrugado y daba la impresión de tener más de cien años. Sus ropas eran unas viejas prendas para trabajar en el campo y llevaba un sombrero vaquero de fieltro que parecía tener más años que él mismo.

Apenas le hice un par de preguntas sobre su vida, pero me dio la impresión de que se alegraba de que alguien por fin le escuchara, y no paraba de hablarme de su infancia en Utah, de cómo iba a cazar con su padre, de su trabajo como ayudante en una hacienda ganadera y cosas así.

Al cabo de un rato se quedó mirándome a los ojos un buen rato. Su mirada parecía preocupada por mí y su rostro adquirió una seriedad que me asustó incluso.

—La muerte está cerca —empezó de nuevo a hablarme—, pero no debe preocuparse. Usted corre más que ella y no le puede alcanzar. Solo en sus sueños podrá verla. Debe recordar sus sueños, porque si los olvida ella podrá acercarse a usted, pero, si por las mañanas recuerda lo que ha estado soñando cada noche, la muerte no podrá entrar de nuevo en su cuerpo. No lo olvide.

Luego sacó algo de su bolsillo, me tomó de la mano y me dio un regalo.

—Guarde esto siempre con usted —me dijo. Y se marchó.

Vi cómo se perdía entre las calles y luego miré lo que me había puesto en la mano. Era un cazador de sueños, un atrapasueños. Lo había visto otras veces en algunas tiendas de artesanía y en tiendas de recuerdos para los turistas. Es una argolla sobre la que se teje una red, como una telaraña, y de ella cuelgan algunos lazos con plumas.

Al volver hacia la furgoneta vi una tienda de regalos en la que vendían objetos indios como recuerdo. Casualmente había un folleto sobre los cazadores de sueños y leí que en su origen procedían de los indios ojibwa, aunque hace unas décadas fueron adoptados por casi todos las tribus indias norteamericanas. Seguramente hoy tienen una función más comercial que otra cosa. Los indios ojibwa los elaboraban para colgarlos sobre las camas de los niños para protegerlos de las pesadillas, ya que los sueños se filtran a través del cazador de sueños, que solo deja pasar los buenos sueños, mientras que los malos, las pesadillas, se quedan atrapados en él hasta que amanece y se desvanecen con las primeras luces del alba.

Inmersos en pleno barrio judío de Brooklyn, en el cruce de la Calle Wallabout con la larga Avenida Bedford por la que ya llevamos un buen rato corriendo, mis sueños, mis pesadillas, se quedan atrapados en mi mente. La pierna me está empezando a molestar y quedan demasiados kilómetros por delante como para no pensar en la pesadilla que puede ser correr así hasta la meta. La frialdad con la que nos acogen la mayoría de los vecinos de esta zona de la ciudad hace que cualquier contratiempo que tengamos, cualquier dolor, cualquier molestia, pase a ser el centro de atención de la mente, ya que no hay muchas distracciones ni un público entusiasta que me haga olvidar el hecho de que la pierna se me está cargando ya demasiado.

He de echar mano de toda la fuerza de voluntad y la motivación que todo buen corredor de maratones debe tener. Me concentro en evitar que el dolor se adueñe de mis pensamientos y trato de recordar los buenos momentos y la ilusión de este viaje, de esta carrera, y vuelvo a visualizar una vez más el gran momento que será para mí la entrada en la zona de meta en Central Park. No importa lo que esté pasando ahora por mi mente ni por mi cuerpo. No importa el dolor. El dolor es algo pasajero. No importa que los judíos que viven aquí no sientan que los que estamos corriendo hoy en Nueva York estamos viviendo uno de los mejores días de nuestra vida. Nada importa salvo el objetivo final, que no es otro sino terminar esta carrera, la carrera de mi vida. El gran sueño que ha sido durante tantos años se está haciendo hoy realidad y, pase lo que pase tras cruzar la meta, no debe transformarse en una pesadilla.

Y el cazador de sueños que aquel navajo me regaló lo sabe y no lo permitirá.

15. DONDE SE GUARDAN LOS SUEÑOS

Tras mi visita a Pagosa Springs, seguí el viaje hasta Durango, una de las localidades más importantes del oeste de los EE.UU., donde decidí parar a dormir y descansar. Antes de llegar me desvié por las carreteras US151 y US172 siguiendo la ruta de la RAAM y así visitaba algunos pequeños pueblos como Arboles, poco más que un grupo de casas y granjas rodeadas de montañas y montes nevados, o Ignacio, un pueblo de hombres rudos con casas pequeñas y barracones funcionales, en la zona de las reservas indias de los navajo y de los ute. Estos pueblos no es que fueran muy bonitos, pero las carreteras eran realmente tranquilas para conducir sin prisa, a pesar del frío y del tosco ambiente que me rodeaba.

En Durango, donde había mucha más actividad humana y donde la vida es mucho más llevadera en esta parte del país, me alojé en el Strater Hotel, un edificio de 1887 de amplias habitaciones y bastante céntrico.

Poco después de instalarme, y cuando ya me disponía a echarme un rato en la cama para descansar, me sonó el teléfono. Por supuesto era Peter. No había pasado mucho desde nuestra última conversación, pero ya casi le echaba de menos.

—Me alegro de que esté usted ya en Durango —me dijo sin siquiera saludarme—. Tengo un último encargo que hacerle, pero es mejor hablarlo en persona. Le espero para cenar a las siete en el Palace. Me han dicho que se come muy bien.

–Está bien –le contesté. Y colgó.

A las siete en punto entré en el Palace, un antiguo hotel de aire pintoresco y con una decoración muy agradable. Peter ya había elegido una mesa y me senté junto a él.

–Hola Peter –le dije–. Esta vez no ha tardado mucho en volver a llamarme.

–Bueno. Veo que su viaje está terminando y hay una última tarea que hacer.

Al salir del Palace el frío penetró en todo mi cuerpo como si no llevara encima ropa de abrigo. Casi corrí hasta el hotel pues solo pensaba en meterme en la cama y taparme con una buena manta. Como siempre que hablaba con Peter sobre sus encargos, un desasosiego me embargaba y sabía que me iba a costar dormir. Por eso, cuando vi entre mis cosas el cazador de sueños que el viejo navajo de Pagosa Spring me había regalado, no dudé en colgarlo encima de la cabecera de la cama. No sabía si serviría para algo, pero desde luego mal no me iba a hacer.

A pesar de todo, sí que me costó bastante caer dormido, pero recuerdo perfectamente aún el extraño sueño con el que me desperté, lo que me tranquilizó recordando las palabras del viejo indio.

En el sueño estoy en una montaña al atardecer mientras un viejo indio navajo salta y canta junto a una hoguera. Tras un buen rato se detiene, se sienta junto al fuego y me empieza a contar esta historia:

"Hay un lugar al norte de las tierras indias donde todos los sueños de todas las personas del mundo se guardan para siempre.

Allí, en un rincón profundo de una enorme montaña desconocida, quedó oculto para siempre el sueño inquieto de un niño en el cual perdía su muñeco nuevo. Cerca, la pesadilla de un guerrero herido en la batalla ocupa una pequeña hendidura en una húmeda roca.

Los sueños de amor, los de aquéllos que ansían revivir su juventud romántica, los de aquéllos que en su inconsciente se enamoran todas las noches de alguien perfecto e inexistente, los de aquéllos que sueñan con alcanzar el éxtasis junto a un imposible, esos sueños se esconden entre los prados cubiertos de flores, flores efímeras que con los primeros fríos se marchitan.

Hay un pequeño río que corre montaña abajo y que recoge, como el agua del deshielo, los sueños de abundancia que atraviesan las cabezas de los granjeros del valle al inicio de la temporada.

Todos los sueños se guardan allí para siempre.

Bueno, todos no. Solo los sueños olvidados, los que no son reclamados por nadie. Pues los sueños que recordamos se quedan con nosotros, hasta que nuestra memoria ya no los necesita y los deja ir a la gran montaña al norte de las tierras indias. A veces todavía estando entre el sueño y la vigilia. Y a veces nunca.

En lo alto de esta montaña, en una oscura caverna tenebrosa, se guardan las peores pesadillas. Monstruos que aterran a los niños, retales de locura, temores del averno. Nadie osaría entrar nunca en esta cueva, pues se encontraría con cosas terribles, cosas que nadie se atrevería a ver, por eso las olvidamos tras soñarlas, pues no podríamos vivir con esos recuerdos.

Pero hubo un día, hace mucho, mucho tiempo, en el que un pequeño terremoto removió la montaña y liberó los sueños.

Al principio los sueños vagaron por allí cerca, sin alejarse de la montaña herida. Pero, no pudiendo permanecer libres, y ante la imposibilidad de buscar conciencias en las que instalarse pues nadie subía nunca hasta allí arriba, fueron bajando y bajando hasta encontrar algunas aldeas.

¡Ay! ¡Cuán inquietas fueron las noches siguientes en aquellos pequeños poblados! No hubo un solo niño que no llorara, ni un adulto que pudiera dormir con placidez.

Pero, así, casi todos los sueños pudieron regresar de nuevo a la montaña donde se guardan los sueños olvidados.

Mas hubo un sueño que no halló cabeza que ocupar y se vio obligado a seguir vagando en busca de alguien que lo soñara y lo olvidara.

Era éste un sueño extraño, inquietante y aterrador, pero atrayente a su vez.

No se sabe quién lo soñó por primera vez. Tal vez fuera una persona normal, con una vida normal. O quizá fue alguien poderoso, alguien capaz de llevar a todo su pueblo a una guerra devastadora tras su locura. Pero, fuera quien fuera, había sido afortunado al olvidarlo, pues vivir con el recuerdo de un sueño como ése no podría hacer bien a nadie.

El sueño vagó y vagó por el mundo, sin que hallara a nadie capaz de soñarlo. Pero, por fin, una noche un hombre joven lo admitió en sus pensamientos.

El joven se despertó en mitad de la noche sudoroso e inquieto, pues no había olvidado la pesadilla que acababa de vivir. Aterrado, intentó en vano conciliar de nuevo el sueño, mas no pudo, le fue imposible. Y durante el resto de la noche no hizo sino dar vueltas y vueltas en la cama, intentando en vano pensar en otra cosa diferente a la soñada.

Tras levantarse por fin, ni siquiera desayunó. Montó en su caballo y galopó hasta el pie de la montaña donde se guardan los sueños. Cuando el caballo no pudo más, siguió a pie, sin descanso, sin mirar atrás, hasta que llegó junto a la cueva de la que nunca debió haber salido ese sueño.

Allí, en la entrada, al borde de la sima que se abría bajo

sus pies, el hombre miró hacia la insondable oscuridad. Sonrió, y después saltó para devolver el sueño a su eterna morada".

Sí. Así me desperté, recordando perfectamente este sueño y la historia que en él me contaba ese indio. Ya había amanecido, por lo que debía de ser un buen sueño, ya que el cazador de sueños no lo había retenido y no se había desvanecido con la primera luz del Sol.

Paso el kilómetro 15 de la carrera a un ritmo lento. Dejamos atrás la Avenida Lafayette y un giro a la izquierda nos introduce en la Avenida Bedford, la cual seguiremos durante un largo rato hacia Queens. Estamos ahora entrando en la zona sur de Willamsburg, el barrio de los judíos ortodoxos, por donde correremos unos cuantos minutos ante la indiferencia de algunos de ellos. Pero no nos importa. Ellos tienen su vida y nosotros la nuestra, y la nuestra, la mía, ahora solo consiste en correr, correr, correr...

Pero en un maratón hay mucha diferencia entre correr bajo los aplausos del público o correr ante su frialdad, y aquí, en las zonas en las que menos gente nos anima, es cuando empiezan a asomar las malas sensaciones por cualquier resquicio. Si hasta ahora nada me dolía, nada me importaba, nada me frenaba, desde el instante en el que momentáneamente se han dejado de oír esos fantásticos gritos de ánimo, una molestia que antes no llegaba apenas ni a sentirla se ha hecho dueña de mi gemelo derecho.

Es curioso el juego que se traen entre manos mi cuerpo y mi mente. Si la mente se distrae, el cuerpo no puede hacerse oír. Da lo mismo si el dolor es grande o no, ya que apenas me doy cuenta del mismo. Sin embargo, en cuanto la mente deja de tener estímulos en los que concentrarse, cualquier pequeña incidencia pasa a ser el centro de atención de mi cuerpo, y cuando solo llevas quince kilómetros en un maratón, con más de veintisiete kilómetros aún por correr, esa incidencia, esa molestia, puede arruinarte la moral y hacer que no corras bien por estar todo el rato pendiente de si el dolor va a más o si se mantiene. Piensas en cuál puede ser la causa. ¿He bebido poco? ¿Será el cansancio de ayer? Seguro que es porque no he dormido bien. Ayer debí haber descansado más. Tenía que haber hecho más estiramientos en la salida.

Todas estas ideas dan vueltas y vueltas en mi cabeza. Y el dolor, la molestia, empieza a preocuparme de verdad, hasta que en una esquina, un nuevo grupo musical, un nuevo gentío entusiasta, un nuevo grito de "Go, David" logran sacar mi cabeza de ese bucle demoledor, de esa sensación de que todo empieza a ir mal. Y entonces vuelvo a sonreír, vuelvo a ser optimista, vuelvo a disfrutar de correr, vuelvo a ser feliz de poder estar aquí pase lo que pase más tarde.

Así es un maratón. A veces estás bien y otras veces te sientes hundido. Así es la propia vida.

14. EL PUEBLO

No había mucha gente en el restaurante Palace esa noche cuando me reuní con Peter. No era la mejor época para visitar Durango, lo que se notaba porque apenas había gente por la calle.

—Pues usted me dirá, Peter —le dije inquieto.

—Ya ha visto que estamos en una de las zonas donde la cultura india más se deja notar, ¿no? —comenzó a explicarme—. Yo soy de Nueva York, y en esa ciudad no es que se note mucho que hace unos siglos allí solo vivían los indios.

—Sí, la verdad es que allí, en esa ciudad tan moderna, apenas uno se puede dar cuenta de que una vez tuvo un pasado —le comenté.

—Sin embargo, en Nueva York hoy en día vive gente de tantas culturas diferentes, de tantas razas, con tantos idiomas, que seguramente es una de las ciudades menos racistas de todo el país. Por supuesto que tenemos nuestros problemas, aunque sin duda tienen más que ver con la pobreza y la marginalidad que con el racismo. Pero, incluso sin negar que hay racismo en todas partes, por desgracia, en Nueva York pienso que es donde menos se percibe, ¿no cree?

—Bueno, por supuesto no conozco la ciudad como usted, pero desde fuera da la impresión de que lo que usted dice tiene sentido. Hasta cierto punto, claro está.

—Sí, yo creo que es así —lo dijo con un poco disimulado

tono de orgullo–. En Nueva York, si no te metes en problemas, a la gente le da igual de qué color seas o qué religión tengas. Sin embargo, en estas zonas del interior del país, la sensación que da es que no tratan muy bien a los nativos americanos, como muchos llaman a las tribus indias. La mayoría, si se ha fijado estos días, viven casi marginados, beben demasiado, y no cuentan precisamente con un nivel de vida muy alto que digamos.

–Sí, esa impresión me ha dado.

–Hay muchas cosas que me irritan en esta vida. La injusticia, como usted sabe bien, es una de ella. Abusar de los más débiles y el racismo es otra.

–Estoy de acuerdo, también lo sabe.

–Aquí hay mucha gente que intenta vivir en paz con todo el mundo, que intenta ayudar a los que más lo necesitan, que se vuelca en que las nuevas generaciones de los nativos americanos tengan la mejor educación posible. Con una buena educación el futuro puede tomar rumbos nuevos y variados y el camino se allana. Pero sin educación, el único futuro que tienen muchos de los niños y los jóvenes que viven por aquí es intentar sobrevivir, no tienen muchas más oportunidades.

–Es cierto, pero también es importante que una buena educación que les dé oportunidades para desenvolverse en nuestro mundo moderno no haga que olviden su cultura. Recuerde que hace no muchos años aún se educaba a los niños nativos en internados no muy recomendables donde se les prohibía hablar su propia lengua y se les inculcaba, por así decirlo, nuestra cultura. Y eso sin contar ciertos castigos y abusos.

–Sí –reconoció Peter con tristeza–, no voy a negar que esas cosas han pasado, pero creo que a pesar de todo vamos mejorando poco a poco. En Canadá se están investigando los abusos en internados religiosos similares para niños indios en sus tierras. Según la Comisión de la Verdad y de la Reconciliación que se ha formado, es muy probable que más de cuatro mil niños murieran desde 1860 hasta que se cerró el último internado en 1996. Sus condiciones eran tan malas que el hambre, las enfermedades y los malos tratos acabaron con todos ellos. Realmente han sido hechos lamentables.

—Muy lamentables —contesté—. Aunque no lo es menos el fin último de esa política de erradicar su cultura arrancando a esos niños de sus familias y de sus tribus. Está bien educar a los niños, pero no se debe enfocar todo en una asimilación a lo que nosotros podríamos considerar cultura reinante.

—Sí, está claro —dijo Peter—. Estoy convencido de que la diversidad enriquece, y eso que pretendían de "matar al indio en el niño", como se decía, era algo horrible en sí mismo, algo inhumano. Y muchas de aquellas familias a las que les secuestraron a sus hijos acabaron cayendo en el alcoholismo en un intento desesperado de sobreponerse a ese drama, lo que poco a poco ha ido llevando a las comunidades indias a su actual situación.

—Y esto no solo fue en Canadá, por supuesto —prosiguió hablando—. Tras la segunda guerra mundial en muchas partes de mi país se obligó a muchos niños indios a estudiar varios oficios en internados durante unos años para que así abandonaran sus comunidades y sus familias con el mismo fin. Y en los años 70 se esterilizó a miles de mujeres indias sin su consentimiento y sin que existieran motivos médicos que lo justificaran. No, no es casualidad que la esperanza de vida de los nativos americanos en EE.UU. sea de treinta años menos que la del resto de la población, o que la tasa de suicidios entre los jóvenes en algunas reservas sea diez veces más alta que la del país.

—¿Y algo de esto tiene que ver con su último encargo

para mí? –le pregunté.

–En buena parte sí –añadió Peter–. Verá.

Corriendo ahora por el kilómetro 14 de esta carrera por Clinton Hill, en la Avenida Lafayette, la gente se agolpa en las escaleras de acceso a los portales de sus casas con carteles, con música y con gritos de ánimo.

Sí. Nueva York es una gran ciudad, pero es una gran ciudad formada por multitud de pequeños pueblos, pueblos de algunos miles de personas, a veces, pero otras son solo unos centenares los que interactúan formando pequeñas comunidades.

Y no puedo evitar pensar en el pueblo navajo que conocí en las Cuatro Esquinas, al sur de Colorado y Utah. Ellos se llaman a sí mismos como "dineh", que significa "el pueblo". Bueno, la humanidad entera está formada por la suma de todos los pueblos, y ellos son uno más. Un pueblo antiguo, sin duda, pero no más que otros. Todos venimos del mismo sitio, del mismo grupo original de humanos que salieron de África hace unas cuantas decenas de miles de años. Todos, blancos, indios, negros, somos descendientes de una sola estirpe africana. Todos somos uno.

En la segunda guerra mundial los indios navajos jugaron un importante papel en defensa de los EE.UU. ya que el ejército usó a varios soldados de este pueblo para poder transmitir mensajes en su lengua sin que ningún ejército extranjero pudiera descifrarlos. Seguramente se salvaron muchas vidas americanas con esto. Pero no sé si el pueblo americano supo agradecer de verdad esta labor al pueblo navajo, al pueblo a secas.

Junto a los navajo, los indios hopi también habitan las tierras de las Cuatro Esquinas. En el pasado tuvieron sus enfrentamientos por el control de algunos territorios. Hoy en día ninguno de los dos pueblos domina ningún territorio, tan solo viven allí. Pero me acuerdo de ellos porque una de las películas que mayor impresión me causó cuando la vi fue "Koyyanisqatsi", de Godfrey Reggio, cuya música, compuesta por Philip Glass, marca el ritmo de las imágenes que se ven en la película e hipnotizan al espectador.

Y me acuerdo de los hopi porque precisamente el título de la película es una palabra hopi que significa "vida desequilibrada". Y es que mi vida desde aquel día en el que te disparé en Central Park, alcalde M.B., ha estado marcada por el desequilibrio entre lo que he creído que debía hacer y el sentimiento íntimo de que algo no encaja del todo con mi forma de ser y de pensar. Y qué decir del desequilibrio de mis sentimientos al pensar en Corina y en el hecho de no haber sido franco con ella, de no haber luchado más por afianzar, por poder hacer posible, quién sabe, un futuro junto a ella.

Pero al menos, pienso, tengo la suerte de que el correr aquí, en Nueva York, como en cualquier otro lugar del mundo, me aporta un poco de equilibrio y de sensatez y me ha empujado a tomar la decisión que he tomado y por la que espero la visita de la Policía de Nueva York tras pasar la meta en Central Park.

13. VENGANZA

—¿Conoce usted Flagstaff, en el norte de Arizona? —me preguntó Peter.

—No —respondí—. Sé que pasé por allí con la Race Across America en 2010, pero no lo recuerdo bien.

—Bien, es igual. En Flagstaff vivía un sheriff jubilado, Harry, al que conocí hace muchos años en curiosas circunstancias que no vienen al caso ahora. Tal vez en otro momento le podré contar esa historia, pero ahora no —me dijo dejándome bastante intrigado por esa historia curiosa.

»Bueno, el caso es que este sheriff jubilado era hijo de un líder de un pequeño grupo navajo del que ya apenas se acuerda nadie. No sé si sabe, pero los navajo son un pueblo muy propenso a disgregarse en grupos menores, no como otros pueblos indios que contaban con un gran jefe guerrero.

»Este hombre, Harry, vivió en primera persona en su infancia y adolescencia esa disgregación y esas humillaciones de las que hemos hablado antes. Cuando tenía ocho años le llevaron a una escuela y apenas volvió a ver a sus padres. Sí, le enseñaron a leer y a escribir, pero estuvo trabajando como un mulo cuando apenas era un muchacho. Vio hundirse a muchos amigos suyos, incluso vio cómo algunos de ellos se dejaban morir porque no soportaban esa vida. Pero él fue fuerte y se hizo un hombre adulto y consiguió remontar su situación. La mayor parte de su juventud y de su vida adulta Harry las pasó en un pueblo perdido en Arizona. Por el azar del destino acabó como ayudante de un sheriff y luego él mismo se hizo sheriff de un condado en el que la mayor parte de sus habitantes eran indios.

»Nunca sabrán muchos de ellos hasta qué punto tuvieron la fortuna de contar con él como sheriff, pues puedo afirmar sin lugar a dudas que Harry fue el mejor que ha tenido el Oeste en muchos años. Siempre ayudó a su gente y siempre fue justo con todos, sin importarle de dónde eran o de qué color eran. Hace unos días, al ver que en este viaje que estoy haciendo con usted iba a pasar por sus tierras una vez más, pensé que ésta sería seguramente la última ocasión de poder hablar con él. Y por desgracia he llegado tarde. Murió hace un mes en Flagstaff, donde ha vivido sus últimos años.

»Como le he dicho antes, Harry y yo nos conocimos en unas circunstancias muy extrañas hace muchos años, y esas circunstancias le hicieron confiar en mí más que en cualquier otra persona del mundo. Me contó una historia de su niñez en la escuela para indios que no había contado a nadie más en toda su vida, ni siquiera a su mujer. Fue una historia terrible y no voy a darle ningún detalle. Él se la llevó a la tumba y no soy yo nadie para contar algo que él no quería contar, así que esa historia suya se deberá ir a la tumba conmigo también.

—Pero ¿no me ha dicho que algún día igual me la contaba? —le dije.

—No, le he dicho que tal vez en otra ocasión le cuente las extrañas circunstancias en las que conocí a Harry, pero no le diré ni una sola palabra de lo que él me contó a mí sobre su infancia.

»Bien, el caso es que alguien hizo daño a Harry en aquellos tiempos y eso le marcó para toda su vida. Él prefirió dejarlo pasar y yo no había pensado en ello hasta el otro día, cuando me enteré de su muerte. Me dio mucha rabia pensar en que alguien que hizo mucho daño a un hombre tan bueno pueda irse de rositas de esta vida sin pagar nada, sin siquiera pedir disculpas. Y entonces pensé en usted.

—¡Cómo no! —exclamé con cierta sorna.

—Ya lo siento, pero es que usted es una herramienta perfecta para arreglar estos asuntos —me soltó a su vez irónicamente.

—¿Sabe? —comencé a hablar como quien no quiere la cosa—. Estos días he pensado mucho en "Moby Dick" y en el capitán Ahab.

—¿Cómo dice?

—Sí. Es curioso pero he pensado mucho en el capitán Ahab y en su larga epopeya en busca solamente de lo mismo que usted y que yo.

—No le entiendo. ¿Qué tiene que ver la caza de una ballena con nosotros?

—No es la caza de la ballena lo que mantenía en pie el deseo de vivir del capitán Ahab. No, no era eso. Él era el capitán de un barco ballenero y su razón de ser era la de cazar ballenas, pero podía haber realizado su campaña de caza como los demás buques de Nantucket a la búsqueda de esos animales.

—¿Y no hacía eso, buscar ballenas?

—No. El capitán Ahab no buscaba ballenas, buscaba a Moby Dick. Solo la caza de Moby Dick era lo que le impulsaba a seguir navegando, a seguir motivando a sus hombres para que avistaran en el horizonte la blanca cabeza de esa ballena que le había arrancado una pierna. Era venganza lo que buscaba Ahab, era una venganza que para él significaba una forma de justicia. Y eso es lo que estamos haciendo nosotros. Yo con el alcalde M.B., y usted, a través de mí, con esos otros tipos. Y ahora quiere vengar ese algo terrible que le pasó a su amigo Harry, quiere que yo sea una vez más, la última dice, el brazo ejecutor de la justicia que no tuvo Harry.

—Sí, así es. ¿Acaso le parece mal?

—Si me lo llega a haber preguntado hace unos meses le hubiese dicho que sí, que me parecía mal. Ahora ya no estoy seguro, como puede comprender. He matado ya a tres personas y no creo que deba plantearme a estas alturas si estaría mal matar a otra, a la que hizo daño a Harry. Porque supongo que será eso lo que me va a pedir, ¿no?

—No exactamente.

—Ah, ¿no? —le respondí sorprendido.

—No. Esta vez no quiero que mate usted a nadie. Ya le he dicho que no le voy a contar lo que le pasó a Harry y no quiero que mate usted a alguien solo porque yo se lo pida. A los otros dos tipos le pedí que los matara, es cierto, pero en última instancia fue usted el que decidió hacerlo después de saber que ellos se lo merecían.

—¿Me está acaso diciendo que tenía otra opción? Recuerde que usted me amenazó con contar lo mío a la Policía de Nueva York.

—Sí, reconozco que yo le empujé muy fuerte para que lo hiciera, pero si usted no hubiera creído que merecían morir, creo que no hubiera hecho lo que hizo. A usted le mueve el deseo de que se haga justicia, igual que a mí, pero el deseo de que se haga justicia ante lo que usted ve en persona que ha sido un acto horrible y merecedor de un castigo. No es usted un asesino a sueldo que ejecuta los deseos de venganza y de justicia de otros, no. Usted para actuar debe estar convencido del bien último de su acto.

—Es posible. Tal vez tenga usted razón —le dije.

—Y ya que ha sacado usted un personaje de la literatura, ¿qué le parece si nos comparamos con Edmundo Dantes?

—¿Edmundo Dantés? ¿El Conde de Montecristo? Otro

marino como el capitán Ahab y muy bien traído aquí también.

—Así me lo parece a mí también. Otro hombre que dedica su vida a vengarse de la injusticia. Pero de la injusticia de la que él mismo ha sido víctima, no de la injusticia de la que pueden ser víctimas otros. Y no duda en hacer daño a los demás para saciar esa sed de venganza.

—Sí, es cierto, pero al final intenta corregir el propio mal que ha causado su venganza a otros inocentes, no lo olvide.

—No, no lo olvido y por eso esta vez será diferente.

El kilómetro 13 del Maratón de Nueva York está al comienzo de la Avenida Lafayette, en la esquina con la calle Fulton, en pleno Brooklyn. Hay un pequeño parque, ideal para que los vecinos lleven a sus hijos a jugar un rato. El marqués de Lafayette fue un militar y aristócrata francés que, curiosamente, se convirtió en uno de los héroes de la Guerra de la Independencia de los EE.UU. contra los ingleses a las órdenes de George Washington. También tuvo un papel principal en la Revolución Francesa.

Sí. Correr este maratón sirve para conocer la historia de la ciudad de Nueva York y aprender algo de la historia de los EE.UU., una historia breve para los que vivimos en Europa, pero una historia tan interesante como la de cualquier otro país del mundo.

Corriendo por esta avenida, al recordar aquella conversación con Peter sobre la venganza y la justicia, mi sentimiento hacia ti, alcalde M.B., es contradictorio. Sí, quise vengarme de ti y hacer justicia. Y de alguna forma lo conseguí. Pero ahora, viendo a toda esta gente a mi alrededor, a los demás corredores esforzados e ilusionados, al público entregado hacia nosotros, las únicas sensaciones que me embargan son la de gratitud y la de una inmensa alegría que me hacen aborrecer cualquier tipo de resentimiento hacia nadie, ni siquiera hacia ti.

Sí, llevo algo más de una hora corriendo, noto alguna molestia muscular que aún no debía haber llegado, pero lo único que siento es alegría y agradecimiento. La alegría por poder estar aquí, por poder sentir y vivir estos momentos únicos en mi vida. Y el agradecimiento inmenso a los que me animan y también, he de confesarlo, hacia ti, alcalde M.B., porque, como ya te he comentado antes, sin ti no estaría hoy aquí, no hubiese regresado a Nueva York una vez más, no hubiese mantenido vivo un año más este sueño de correr el Maratón de Nueva York.

Y por ello no puedo sino arrepentirme en cierta forma de que la venganza y una justicia mal entendida me condujeran a hacer lo que hice.

Y por ello estoy en cierta forma orgulloso de hacer lo que he hecho esta mañana. Estoy orgulloso de haber cambiado el rumbo que había tomado mi vida.

Seguramente lo que me espera en el hotel tras pasar la meta en Central Park va a ser determinante en lo que me pase desde hoy hasta el resto de mis días. Pero esta vez yo he elegido conscientemente el desvío de mi sendero. Y me lleve a donde me lleve lo hará por la senda correcta.

12. LA SOLEDAD DEL CORREDOR

De camino a Flagstaff atravesé el sudoeste de Colorado para internarme durante unos kilómetros en Utah. Todavía en Colorado pasé por Cortez, otro pueblo de casas de dos alturas bien integrado en el paisaje agreste de esta parte de los Estados Unidos. Luego abandoné la US160 para recorrer unos kilómetros por la casi olvidada carretera County Road G remontando el McElmo Creek y rodeado ya de la nieve que empezaba a adueñarse de estas tierras. Al sur dejé el Sleeping Ute Peak, una montaña en tierra de nadie que recuerda el perfil de un indio ute dormido mientras se recupera de las heridas de una batalla.

Pocos kilómetros después, esta carretera me hizo entrar en Utah por la Indian Route 5068 para unirme con la US162, junto al río San Juan, en un cruce de caminos en el que, salvo la carretera, el río y la tierra reseca, apenas hay nada.

Pasé por Montezuma Creek, otro pueblo formado prácticamente por poco más que barracones, y ya por la US163 Scenic abandoné el río San Juan cerca de Mexican Hat, un pedrusco colgado de un pináculo de tierra condenado a caer un día, cuando la erosión, lenta e inexorable, haga su trabajo.

Y tras dejar atrás el río, enseguida llegó el silencio y la emoción, la intimidad y la intimidación de un lugar de película, pues Monument Valley es un lugar de cine, de cine del mejor.

Poco a poco la carretera se internaba en una llanura de tierra roja plagada de arbustos y piedras, y cuando ya parecía que el paisaje iba a ser una gran planicie parecida a la de Kansas, salvo que de color rojo en lugar de verde y ocre, unas familiares montañas empezaron a asomarse en el horizonte. Y digo familiares porque es casi imposible que alguien que pase por aquí no reconozca inmediatamente el perfil inconfundible de las mesas, esas colinas rojizas escarpadas y de cima plana que la erosión ha ido tallando durante cientos de miles de años y que han trascendido a la cultura mundial gracias a las numerosas películas del Oeste que han tenido este paisaje como un grandioso escenario natural.

No era la época más turística del año precisamente cuando pasé por allí el año pasado, por lo que me crucé con muy pocas personas. Por ello pude sentir realmente la verdadera soledad, pues durante un buen rato, mientras permanecí parado allí, simplemente admirando ese paisaje especial, me encontré realmente solo, como si en ese momento hubiese sido la única persona que habitaba la Tierra. Y no me gustó esa sensación, pese a que durante casi toda mi vida había preferido la soledad a la compañía.

Sí, fue un paso breve por Utah, pero ¡qué lugares, qué magia, qué belleza esconde a veces la naturaleza! Es un lugar duro y semidesértico, donde es imposible estar sin sentir algo intenso en tu corazón, sin darte cuenta de la soledad del ser humano en el universo.

Casi al final de la 4ª Avenida, en Brooklyn, cuando ya llevo algo más de una hora de carrera, es casi imposible sentirse solo, pues entre los corredores y el público somos unos cuantos miles de personas los que ocupamos cada una de las manzanas de esta parte de la ciudad.

Sin embargo, pese a correr en Nueva York esta carrera

junto a más de cincuenta mil corredores, cada uno de nosotros está solo con sus miedos, sus inquietudes, sus sentimientos y sus sensaciones. Y es imposible que no sea así, pues correr es un deporte individual, como el ciclismo o escalar montañas. Sí, los compañeros te ayudan y te animan, y gracias a ellos son más soportables y llevaderos el dolor, el cansancio y la aflicción que te causa el lanzarte a una aventura como es correr un maratón.

Uno de los padres del Tour de Francia, Henri Desgrange, explicó esto que siento ahora con estas palabras acerca de la montaña en el ciclismo: "En la montaña el ciclista no se enfrenta solamente al relieve, está entregado a sí mismo y toma conciencia de su terrible soledad". Sí, es terrible esta soledad que sentimos los corredores y los ciclistas en los momentos duros. Es terrible porque estás rodeado de otros compañeros, estás sintiendo los ánimos del público, estás siendo literalmente empujado por miles de alientos hacia la meta, sin embargo nadie más que tú sabe lo que sientes, sabe lo que has de luchar por seguir, por no rendirte. Nadie, por mucho empeño que ponga en animarte, puede correr por ti, puede pedalear por ti.

Y también siempre que corro, aunque sea aquí, con tanta gente, no dejo de recordar lo que escribió Alan Sillitoe sobre la soledad del corredor:

"...y entonces conocí la soledad que siente el corredor de fondo corriendo campo a través y me di cuenta de que, por lo que a mí se refiere, esta sensación era lo único honrado y verdadero que hay en el mundo y comprendí que nunca cambiaría, sin importar para nada lo que sienta en algunos momentos raros, y sin importar tampoco lo que me digan los demás".

Y es que es la pura verdad. Correr es algo honrado, algo que nunca nos engaña. Si estás bien, corres bien, y si estás mal, corres mal. Así de simple. No importa nada más. Solo ser honrado contigo mismo.

11. OJALÁ ESTUVIERAS AQUÍ

Dentro ya de Arizona alcancé la US160, llamada Navajo Trail, en Kayenta, un pueblo dentro de la reserva india de los navajo, y seguí hacia Tuba City en dirección a mi siguiente destino. El terreno era muy árido y el tiempo era muy frío. Pero antes de llegar a Flagstaff decidí hacer una visita que no pude hacer en 2010 cuando pasé por aquí con la Race Across America.

Y es que es algo imposible de evitar. Miras el mapa de esta carretera y lo ves quieras o no. Aquí al lado, a pocos minutos en coche, puedes parar a ver esa maravilla natural que es el Gran Cañón del Colorado.

Así que me desvié un poco de mi ruta y me acerqué a Tusayan para pasear un momento por el South Rim, un tramo de carretera colgado sobre el Gran Cañón.

El Sol estaba ya bajando y la tarde se despejó, lo que fue una verdadera suerte para mí, ya que ver el ocaso sobre el Gran Cañón del Colorado es una de las maravillas de la naturaleza que nos brindan los grandes paisajes de los Estados Unidos.

Aparqué la furgoneta y salí al frío de la tarde. Apenas había en las cercanías un par de coches con unas pocas personas afortunadas de estar allí en ese momento. Me alejé un poco para sentir más íntimamente el momento mágico que se avecinaba y me senté en una piedra mirando al oeste.

Las pocas nubes que había empezaron a sonrojarse y las

viejas paredes del cañón iban siendo acariciadas por los últimos rayos de luz de un día que, inmisericorde a nuestros deseos de eternidad, iba llegando a su fin.

El silencio era sepulcral y solo los graznidos de un grupo de cuervos me recordaban de vez en cuando que yo estaba allí, en unos de los lugares más impresionantes de la Tierra. Todo lo que veía a mi alrededor iba siendo cubierto por una luz de un intenso color bermellón mientras el Sol se precipitaba siguiendo su eterno camino hacia el lejano horizonte. Finalmente un último rayo se despidió de mí y el crepúsculo empezó a deleitarme con una gama infinita de azules cada vez más oscuros en el cielo mientras las estrellas más brillantes empezaban a mostrarme dónde habían estado escondidas hasta ese instante. Al Este, las paredes más altas del Cañón disfrutaban aún de unos minutos de luz dorada hasta que la negrura de la noche se adueñó poco a poco del cielo, de la Tierra y de todo cuanto había allí. Júpiter, que brillaba imponente en el cielo, ya estaba bastante alto en el cielo mientras Marte, apenas visible, iba descendiendo hacia el horizonte por el sudoeste siguiendo al Sol. Arriba, ambas lunas dominaban la bóveda celeste mostrando un cuarto creciente espectacular.

Esperé un rato allí, empequeñecido por todo lo que me rodeaba, hasta que el frío y la necesidad de seguir mi viaje me empujaron a volver al mundo real.

Al meterme en la furgoneta la casualidad quiso que en la emisora de radio que sintonicé sonara el maravilloso tema de Pink Floyd "Wish you were here". Y mientras yo cantaba junto a David Gilmour me di cuenta de que todo había cambiado en mi vida, que me encontraba solo, más solo de lo que nunca había estado antes. La misma sensación que tuve en Monument Valley. La misma sensación de malestar.

Antes de acabar con tu vida, alcalde M.B., no había

tenido nunca miedo a estar solo. Las mujeres con las que había mantenido algunas relaciones no habían significado nada serio. Llegaban a mi vida, permanecían en ella algún tiempo, y después salían de mi mundo sin dejar nunca una huella especial. Jamás me había preocupado la soledad ni había sentido que mi vida necesitara a alguien para llenarla. Es más, lo había buscado, había disfrutado de esta soledad y de mi independencia.

Pero ahora, después de los sucesos de estas últimas semanas, después de decidir yo mismo cuándo debía terminar la vida de algunas personas, mientras estaba allí, junto al Gran Cañón, la sensación de soledad invadió hasta el último rincón de mi ser. Nadie había estado nunca más solo de lo que yo estaba entonces. Todo el universo me rodeaba y no había nadie en él. Nadie.

Y entonces eché terriblemente de menos a Corina, eché de menos sus ojos, su rostro, su cuerpo, sus besos. Eché de menos estar a su lado, caminar junto a ella. Eché de menos quererla. Curiosamente eché de menos algo que nunca había tenido en mi vida: compañía.

Y allí, al borde de la maravilla que es el Gran Cañón, no pude aguantar más sin oír su voz y la llamé.

–Hola Corina, soy David.

–¡David! Cuánto me alegra hablar de nuevo contigo –contestó visiblemente emocionada–. ¿Cómo estás?

–Bien, aunque me gustaría más estar en Washington que aquí. Estoy con mucho trabajo y, la verdad, creo que te echo de menos.

–Sí, a mí también me gustaría poder verte pronto. ¿Seguro que no puedes venir aunque sea en las Navidades?

–Intentaré hacerlo, de veras. Pero no puedo prometerte nada. Tengo demasiadas cosas que hacer por aquí. La vida es a veces complicada.

Lamenté no poder decirle la verdad. Lamenté no haberla

conocido antes. Lamenté todo lo que me había pasado.

—Sí, eso es cierto —me contestó—. Pero siempre se puede simplificar.

—Ojalá pudiera. Haré todo lo posible para poder escaparme a los EE.UU. algunos días. Creo que el poco tiempo que pasé contigo en Washington me dejó un recuerdo maravilloso, y créeme si te digo que no hay nada en el mundo que me haría más feliz en este momento que el que estuvieras aquí conmigo ahora —y eso lo dije con la mayor sinceridad.

—Gracias, David, eres muy amable.

—Si todo va bien, puede que nos veamos antes de lo que pienso, pero prefiero no hacerme ilusiones. No te miento si te digo que mi situación es algo complicada.

—Me alegro de oírlo, David. Espero que puedas solucionar tus problemas, de verdad.

Seguimos hablando un buen rato más, lo que me reconfortó bastante. Solo con oír su voz me sentí mejor, aunque a la vez la nostalgia de volver a mirarla a los ojos, de volver a abrazarla, me hizo entristecer.

Luego permanecí un rato junto al Gran Cañón hasta que reuní las fuerzas y los ánimos suficientes para llegar a Flagstaff. Tenía un último trabajo que hacer. Y debía hacerlo rápido para que todo terminara cuanto antes.

Todavía me queda mucha carrera por delante y pienso en Corina de nuevo. Después de lo que pase hoy cuando por fin termine este sueño de correr este maratón, no sé si podré verla, y lo que es peor, ni siquiera sé si ella querrá volver a verme.

Pero por ahora solo llevo once kilómetros recorridos. Ahora solo debo pensar en correr, en avanzar por esta larga 4ª Avenida a lo largo de Brooklyn, en retener los ánimos del público y en gozar de esta carrera tan mágica. Durante unas horas tal vez pueda olvidar lo que me espera y disfrutar como nunca antes he disfrutado corriendo.

Al fondo se ve el altivo edificio Williamsburg Bank, con su torre con cuatro relojes en las cuatro direcciones, que nos señala como un faro el punto de giro al final de la 4ª Avenida en la Hanson Place para entrar durante un pequeño tramo por la Avenida Flatbush antes de coger la Avenida Lafayette. Es uno de los edificios icónicos de esta parte de Brooklyn y se terminó de construir en 1929, el famoso año del crack de la Bolsa de Nueva York.

Corro, pues, hacia él, hasta el final de esta larga recta, una más de las muchas que se reparten a lo largo del maratón. Las rectas muy largas son malas compañeras para los corredores. Sí, en teoría son cómodas para correr y seguras para los tobillos y las rodillas, que no sufren como lo hace en los giros bruscos y en los cambios de ritmo. Sin embargo son letales para la moral del corredor, ya que nos hacen tener la incómoda sensación de que no avanzamos, de que estamos en un bucle interminable en el que nuestros pasos tan solo hacen girar una gigantesca cinta de correr que hay bajo el asfalto, como cuando corres en el gimnasio. Y cualquiera que corra sabe que la moral es muy importante, sobre todo en un maratón.

Por eso, en estas rectas escojo no mirar mucho hacia delante, sino mirar a la gente, al público, a los edificios, a los demás corredores. Hay que procurar cerrar la entrada a los malos pensamientos, a las malas sensaciones. Cualquier maniobra de distracción es válida para lograr el objetivo de correr y disfrutar corriendo.

Sí. Sabes que si lo logras todo parecerá terminar mucho antes.

10. LA CARA OCULTA DE LAS LUNAS

El Monte Vista, en Flagstaff, es un hotel muy llamativo en el centro del pueblo. La histórica Ruta 66 pasa casi por delante de su puerta y permite que el viajero se sienta en un lugar especial. Tuve suerte, ya que aunque llegué bastante tarde a la ciudad no tuve problemas para conseguir una habitación y para que me prepararan algo para cenar.

Poco después salí a dar un paseo por el pueblo y localicé la dirección que Peter me había dado en la West Grand Canyon Avenue, a los pies del cerro donde se encuentra el observatorio astronómico Lowell. Luego volví al hotel y descansé lo que pude.

Hacia las dos de la madrugada volví a la West Grand Canyon Avenue. Hacía mucho frío y el cielo estaba completamente despejado. Miré hacia el oeste y pude ver ambas lunas a punto de ocultarse bajo el horizonte, mientras Júpiter, al sur, iniciaba su descenso. Y allí, mirando al firmamento, pensé en Percival Lowell.

Percival Lowell había nacido en Boston, Massachusetts, pero vivió y trabajó durante mucho tiempo en Flagstaff, donde fundó su observatorio astronómico, pues la astronomía fue la actividad en la que más destacó, de entre todas a las que se dedicó en su vida.

Se hizo famoso entre el público americano por su estudio de los supuestos canales de Marte, aunque la comunidad científica no se mostró muy entusiasta con su teoría de que esos canales, que él y otros astrónomos creían observar a través de sus viejos telescopios, fueran construidos por una civilización marciana en un intento desesperado por llevar agua de las zonas polares del planeta rojo a las zonas áridas habitadas por esos marcianos sedientos.

Volví a mirar la Luna grande y la Luna pequeña, que mostraban sus cuartos crecientes con perfecta nitidez gracias a la altitud a la que se encuentra Flagstaff, a más de dos mil metros sobre el nivel del mar. No fue casualidad que Percival Lowell eligiera este lugar para construir su observatorio.

Y allí, bajo las estrellas y el firmamento, la visión de las lunas hizo que a mi mente acudiera la letra del tema "Time" del álbum de Pink Floyd "The dark side of the Moon" que nos recuerda el paso inquebrantable del tiempo, de la juventud y de la vida, y de nuevo sentí que toda mi existencia se precipitaba vertiginosamente cada vez a mayor velocidad hacia el final; que mi vida solitaria que antes me llenaba, ahora solo me atormentaba; que nada de lo que había hecho hasta este instante me había servido para ser feliz, para sentir que mi vida había merecido la pena; que el futuro se desvanecía entre mis manos como el humo de un cigarro, como la arena de una playa; que todo se acababa.

Así que decidí hacer rápido mi trabajo y acabar cuanto antes con todo esto que ya solamente me agobiaba. Para bien o para mal, había hecho lo que había hecho y solo me faltaba un paso más para liberarme.

Después ya pensaría en algo.

El kilómetro 10 de un maratón es un momento importante en la carrera. Se puede decir que ya has terminado la primera parte de adaptación a la distancia, tu cuerpo ya está trabajando a pleno rendimiento, eres capaz de ver cómo estás respondiendo a los kilómetros y puedes ya adivinar cómo va a transcurrir el día.

Por supuesto, es demasiado pronto para tener problemas, y si los tienes debes evitar pensar mucho en ellos, porque probablemente solo sean producto de la tensión y de la ansiedad de enfrentarse a un maratón. Además, mi experiencia me dice que esos problemas que puedes tener en estos primeros kilómetros no son los que te van a poner en aprieto más tarde. Por ahora solo son pequeñas tensiones musculares debidas al propio nerviosismo de la carrera y al temor que todo corredor tiene a que un dolor le obligue a abandonar. Pero los dolores de verdad no suelen aparecer tan pronto en un maratón, no. Los problemas serios de verdad empiezan cuando ya te vas acercando al kilómetro 30, cuando comienza realmente un maratón.

Aquí, en Nueva York, el kilómetro 10 está en la esquina de la 4ª Avenida con la 19, más o menos a la mitad de esta larga recta que es la 4ª Avenida, en pleno Brooklyn.

Mientras miro al público para no tener que mirar esta demoledora recta, veo que justo en este punto de la carrera están las oficinas del Seafarers International Union, el Sindicato Internacional de Marinos.

La primera vez que llegué a Nueva York, hace ahora muchos años, lo hice como tripulante de un gran barco mercante que traía contenedores desde Europa a EE.UU. Fue una llegada emocionante, como será la que dentro de unas horas haga en Central Park.

Ver a lo lejos las Torres Gemelas del World Trade Center, a las que tanto echamos de menos todos los que amamos esta ciudad, fue una visión de ésas que nunca puedes olvidar. Después, el paso bajo el puente Verrazano Narrows, el mismo que hace una hora he cruzado corriendo, me hizo casi aguantar la respiración mientras admiraba esa gran obra de ingeniería. Fue una forma diferente de entrar en una ciudad tan magnífica como es Nueva York, algo que difícilmente olvidas por larga que sea tu vida.

La vida de los marinos es dura. Pasas mucho tiempo lejos de los tuyos en condiciones de trabajo a veces complicadas por la convivencia a bordo, por los temporales, por los horarios y por la carga de trabajo que no te deja descansar bien. Correr maratones es una buena manera de educar a tu cuerpo para soportar situaciones difíciles. Correr maratones te prepara para muchas cosas. Pero en un barco es complicado poder correr. Es complicado llevar una vida normal.

Al mismo tiempo, la vida de los hombres de mar puede ser muy interesante. Para los que pensamos que lo peor que puede pasarle a alguien es tener una vida monótona y aburrida, la vida a bordo de un barco es una buena alternativa a la monotonía y al aburrimiento, ya que nunca sabes qué es lo que te espera más allá del horizonte, más allá de la siguiente ola, más allá del siguiente amanecer.

Y por eso, cuando corro en una carrera en estas rectas tan previsibles, siempre procuro mirar al público, ya que nunca sabes qué ojos te van a mirar un poco más allá, qué sonrisa te va a saludar o qué manos te van a aplaudir.

Y, al igual que hoy la suerte me acompaña ya que son miles los ojos, las sonrisas y las manos diferentes que me miran, me saludan y me aplauden, también la suerte me acompañó en mi vida, tanto cuando trabajé en la mar como después, y nunca he tenido que vivir de forma aburrida o monótona. Nunca añoré una vida diferente, nunca sentí la necesidad de volver a casa.

Nunca, hasta estos últimos meses, hasta que conocí a Corina, hasta que perdí el control de mi vida tras lo que pasó en Nueva York hace casi un año. Y ojalá que con mi decisión de esta mañana haya vuelto a tomar ese control.

Realmente lo necesito.

9. CONFESIONES

Con los nudillos apretados, y de forma deliberadamente algo brusca, golpeé la puerta de la dirección que Peter me había dado. Allí vivía la persona que había hecho al indio Harry, al extraño amigo de Peter, ese mal del que nadie más sabía ahora, salvo Peter y este hombre misterioso, porque se trataba de un hombre, un hombre muy mayor.

Como me imaginaba por la hora que era, tuve que insistir varias veces hasta que obtuve una respuesta. La voz de alguien muy anciano preguntó al otro lado de la puerta que quién llamaba a esas horas. No supe muy bien qué contestar, así que dije lo primero que me pasó por la cabeza.

—Soy su pasado.

Durante un buen rato no oí nada más. Supongo que el anciano tardaría un buen rato en comprender lo que pasaba, y además, estaría aún medio dormido.

Pero finalmente abrió la puerta.

Ante mí vi un hombre muy mayor. Seguramente había sido muy corpulento en su juventud, pero ahora tan solo conservaba su altura, porque por lo demás su cuerpo estaba siendo literalmente aplastado por el paso de los años y de una larga existencia en este mundo. Me miró con unos ojos en los que apenas se reflejaba un atisbo de lucidez. Era la mirada de un hombre que sabe que su tiempo ha pasado, de alguien que solo vive porque su cuerpo aún no ha decidido morir, pero que ya no cuenta con la chispa del soplo que infunde la vida en el ánimo.

—Pase —me dijo extrañamente tranquilo mientras se dirigía a su sala de estar. Le seguí y nos sentamos frente a frente en dos viejas butacas.

—¿De qué parte de mi pasado viene? —me preguntó para mi sorpresa como si no le hubiera extrañado que yo le dijera eso.

—De una parte muy lejana, que tal vez incluso haya olvidado —le repliqué.

—Soy muy mayor, como usted ve, pero mi memoria permanece como cuando era joven. Sea lo que sea que yo haya hecho lo recuerdo, para bien y para mal —me dijo con cierto cansancio y resignación, mientras dejaba que su cuerpo su mezclara con los cojines de su butaca.

—Si es verdad eso se acordará sin duda del indio Harry —lo dije mirándole a los ojos para intentar descubrir cualquier indicio de arrepentimiento de lo que fuera que había hecho a Harry. Pero su mirada no dejó escapar ni el más mínimo detalle de nada. Si se acordaba del indio Harry no parecía albergar ningún sentimiento hacia él.

—Sí —dijo tras una pausa—. Sí que me acuerdo del indio Harry, aquel niño listo de la escuela para indios en la que yo trabajaba como ayudante. Pero hace mucho tiempo que no había oído su nombre.

—Harry murió hace unas semanas aquí en Flagstaff.

—¿Vivía aquí? No lo sabía. No lo volví a ver desde aquella época.

—Sí, vivió aquí sus últimos años, pero había estado trabajando de sheriff en Utah.

—Así que llegó a sheriff... La verdad es que no me sorprende, siempre quiso que la justicia prevaleciera, y era un niño muy listo, como le he dicho. Pero ¿por qué viene usted ahora a hablarme de él?

—Porque es probable que Harry siga queriendo que la

justicia prevalezca, como usted dice. Tal vez me envía para que yo haga lo que él no pudo o no quiso hacer. Tal vez sea la hora de que la verdad salga a la luz.

El hombre mayor me miró sin ningún rastro de cualquier sentimiento en sus ojos y se quedó callado un buen rato. Yo no sabía qué significaba exactamente su silencio. Tal vez estuviera valorando hasta qué punto yo podía saber qué es lo que pasó en aquellos lejanos años en la escuela para indios. O tal vez no tuviera ni idea de lo que yo estaba hablando.

Finalmente, adelantándose un poco hacia mí en su butaca, comenzó a hablarme.

—Mire. No sé lo que le han contado ni sé quién es usted. Como le he dicho, hace muchísimos años que no sé nada del indio Harry. Recuerdo su estancia en aquella escuela y recuerdo muchas cosas. De algunas no estoy lo que se dice orgulloso, pero aquellos tiempos eran así y creo que es mejor pasar página.

Le miré durante un buen rato. Tal vez tuviera razón. Tal vez si yo supiera exactamente los detalles de lo que le pasó a Harry con este hombre pudiera valorar el alcance de sus actos y podría juzgar si fueron fruto de la época o fueron fruto de la crueldad de las personas.

—Puede que Harry no se merezca pasar página —le contesté finalmente—. Puede que los miembros de la comunidad de Flagstaff deban conocer los hechos antes de decidir si es bueno pasar página. Puede que yo necesite saber qué pasó para poder tomar una decisión sobre mis próximos pasos hacia usted.

—¿Es que está usted pensando en hacerme algo malo, en hacer justicia? —me preguntó mientras se revolvía en su asiento.

—No he sido autorizado para hacerle ningún daño físico, si es eso lo que teme. No seré yo quien le castigue si es que lo merece. ¿Cree usted que merece ser castigado? ¿Qué le hizo usted a Harry?

—No le diré nada. Y, dígame, ¿quién es la persona que no le ha autorizado a usted a hacerme daño? ¿Fue Harry antes de morir? ¿O acaso se transformó en un pajarito y se lo contó al oído? —esto último lo dijo con una sonrisa entre irónica y cínica en su rostro, lo que no me gustó nada.

—No, yo no conocí a Harry, pero él tenía un amigo al que le contó lo que pasó en aquella escuela, y este amigo es alguien poderoso que ha decidido que no se debe pasar página, que usted debe pagar de alguna forma por aquello.

—¿Y cómo ha pensado usted que debo pagar?

—Tengo algunas ideas.

Mientras corro por el kilómetro 9 por esta zona de Brooklyn, más o menos en la esquina de la 4ª Avenida con la 30, pienso en lo diferente que es Nueva York según en qué parte de la ciudad estés. Al contrario que en la mayor parte de Manhattan, donde te cuesta ver el cielo por la cantidad de edificios altos que te rodean casi todo el rato, aquí los que nos rodean son prácticamente edificios bajos en calles anchas. Pero, pese a esta diversidad urbanística, no puedes sustraerte a la idea de que estás en esta gran ciudad.

Nueva York es mucho más que unos rascacielos impresionantes. Nueva York es una forma de ser, una forma de vivir. Y da lo mismo que solo seas un turista pasando unos pocos días en la ciudad, pues enseguida te das cuenta de que Nueva York es diferente a cualquier gran ciudad que conozcas. No puedes evitar sentir que esta ciudad es otra cosa, que esta ciudad tiene algo que la distingue del resto de grandes ciudades, que esta ciudad hace que la sientas como parte de ti una vez que la conoces.

Y todos los corredores que venimos a correr el Maratón de Nueva York sabemos que ya estamos ligados a la Gran

Manzana para siempre, que a partir de ahora ésta será nuestra ciudad, nuestra casa, que a partir de ahora seremos un poco neoyorquinos, y todo lo que le pase a esta ciudad nos afectará como si nos ocurriera a nosotros. No podemos evitarlo. Como no podemos evitar sentirnos otra persona una vez que inicias la aventura de correr un maratón.

8. NIEBLA

Me levanté de mi butaca y me asomé a la ventana. Una extraña niebla se cernía ahora por las calles de Flagstaff y a través del cristal pude sentir el frío que recorría el pueblo. No era una buena noche para estar fuera de casa.

El hombre mayor seguía sentado con rostro impasible. Si acaso hubiera mostrado algo de humanidad hacia Harry, yo podría haber sentido lástima hacia él, pero su actitud orgullosa y desafiante me empujaban a hacer algo que sirviera en cierta forma para dignificar la memoria del pobre indio Harry.

—¿Conoce usted a Miguel de Unamuno? —le pregunté sin dejar de mirar la niebla que ocultaba cada vez más el exterior de la casa.

—¿El escritor español? No, no he leído ningún libro suyo. ¿Acaso debí haberlo hecho?

Me sorprendió que al menos supiera quién fue Unamuno.

—Sí, fue un gran escritor vasco de la llamada Generación del 98, para mí tal vez el mejor de aquellos escritores. Escribió un libro muy extraño titulado "Niebla".

—Lo siento, no me suena.

—Me lo suponía. Con este libro Unamuno creó lo que él mismo llamó una "nivola", en vez de una novela, jugando con la palabra "niebla" que da título a la obra. Ahora tenemos una buena niebla ahí fuera y por eso me he acordado de este libro.

—Verá —seguí explicando—. En la novela el propio Unamuno es uno de los personajes, pues el protagonista de la trama, Augusto Pérez, tiene varias conversaciones con él sobre su existencia como personaje, ya que decide suicidarse por un desengaño amoroso. Pero antes de quitarse la vida quiere hablar con Unamuno y éste le comunica, mientras duerme, que no puede suicidarse ya que es un personaje creado por él mismo, y que su destino es morir en la novela, no quitarse la vida.

—Vaya, parece interesante. Procuraré leerlo.

—Se lo recomiendo. Seguro que disfruta y aprende algo sobre la existencia humana y la inmortalidad. En un momento de la obra, cuando Augusto Pérez habla con Miguel de Unamuno sobre su destino y su vida le dice que es fácil dar vida a un ente de ficción y es fácil matarlo, acabar con él, pero que lo que no puede hacer Unamuno ni nadie más es resucitarlo. Nadie, le dice, puede resucitar a don Quijote. Entonces Unamuno le dice que puede volver a soñarlo, pues Augusto no es más que el fruto de un sueño del autor. Pero Augusto insiste diciendo que no se puede soñar dos veces el mismo sueño, ya que ese nuevo Augusto ya sería otro Augusto.

»Entonces Augusto, aprovechando que Unamuno duerme mientras mantienen ese diálogo, le dice algo que deja muy preocupado al autor, y no es otra cosa sino que el propio Unamuno puede ser él mismo un ente de ficción. Entonces Augusto se disipa en la niebla negra y Unamuno escribe: "Yo soñé luego que me moría, y en el momento mismo en que soñaba dar el último respiro me desperté con cierta opresión en el pecho."

—Realmente tiene interés ese libro, no lo dudo —me dijo el hombre mayor—. Pero ¿qué diablos tiene que ver eso con nosotros?

—Tal vez nada —le contesté mirándole de nuevo a sus

muertos ojos–. Tal vez nada. Pero puede que usted duerma, puede que usted sueñe con Harry, puede que usted sueñe con su propia muerte. Y puede que usted no se despierte con una opresión en el pecho. Puede que usted muera en el sueño y no se despierte jamás.

–Tal vez –se limitó a añadir.

En "La ciudad de cristal", el primero de los libros de "La trilogía de Nueva York" de Paul Auster, el protagonista, Daniel Quinn, vive una extraña trama en la que todo parece envuelto por una niebla que hace que nos cueste distinguir, tanto a los lectores como al propio protagonista, qué es real y qué no lo es en el relato. Hay un mundo paralelo al mundo real, lleno de simbolismos y las sombras de la realidad se confunden con la propia realidad.

Una llamada de teléfono equivocada pregunta a Daniel Quinn, el escritor, por Paul Auster, el detective. Curiosamente existió en la realidad un Daniel Quinn escritor, al que sin duda Paul Auster rinde un homenaje en este libro. Pero, además, el escritor Daniel Quinn del libro de Auster firma sus novelas policiacas bajo el seudónimo de William Wilson y el protagonista de las mismas es a su vez Max Work. A lo largo del libro Quinn adopta varias de estas personalidades para contactar con la persona a la que le han encargado seguir a Auster, el detective, con lo que todo se entremezcla como los reflejos del cristal que forma la ciudad.

Así que el mundo real se funde con el universo de la novela, como la realidad en la ficción se funde con lo que cree vivir el protagonista que cae a lo largo de las páginas en una locura que le aleja de su realidad.

Esto hace que al leer el libro no dejes de preguntarte quién de verdad es Daniel Quinn. ¿Es Paul Auster, el escritor autor del libro? ¿Es Paul Auster, el detective en la trama? ¿Es el Daniel Quinn cuerdo o es el Daniel Quinn ido? ¿Es William Wilson o es Max Work?

¿Y quién soy yo en realidad? ¿Soy el David que navega hacia Nueva York en un gran buque? ¿Soy el David rico y que no tiene ya necesidad de trabajar para vivir? ¿Soy el David que un año antes entrenaba y disfrutaba de la vida preparándose para correr este maratón sin tener más preocupaciones? ¿Soy el David que decidió convertirse en un instrumento de justicia y acabó con tu vida, alcalde M.B.? ¿Soy el David que cambió su percepción de la vida a lo largo de 5.000 kilómetros de costa a costa por los EE.UU.? ¿Soy el David que no amaba a nadie o soy el David que empezó a amar? ¿Soy el David que decidió acabar con una vida o soy el David que esta mañana ha tomado la decisión de cambiar su propia vida? ¿Soy el David que hace una hora esperaba impaciente la salida del maratón de su vida? ¿O acaso soy el David que disfruta como nunca lo ha hecho corriendo por la 4ª Avenida, ahora pasando por el kilómetro 8 a la altura de la Calle 44 deseando que esta carrera nunca tenga un fin?

¿O soy todos ellos a la vez? Sí, eso debe de ser. Cada persona somos muchas personas a la vez, a veces sin darnos cuenta. Basta algo que nos empuje un poco para que pasemos a ser una nueva persona. En el libro de Paul Auster, Daniel Quinn es un escritor que apenas sabe quién es él mismo y que tras contestar una llamada de teléfono equivocada pasa a vivir como un detective privado y cambia toda su vida. De la misma manera, tal vez yo pasé de ser un simple corredor de maratones a un justiciero solo por las consecuencias imprevisibles de una tormenta tropical que alcanzó la costa de Nueva York con gran virulencia hace un año.

Nunca se sabe lo que pasará al doblar una esquina de tu vida. Nadie sabe qué vendrá tras el siguiente kilómetro de una carrera. Es imposible estar preparado para todo. Simplemente debes seguir corriendo, seguir viviendo y esperar.

7. EL SUEÑO DEL REY ROJO

A la altura de la Calle 59 sigo corriendo por esta larga 4ª Avenida. Llevo ya siete kilómetros recorridos. Casi nada en una carrera tan larga. Se suele decir que más o menos a esta altura es cuando empieza la fase de negación en un maratón, ya que es cuando es fácil que pensemos en que no vamos al ritmo que nos hemos marcado, o nos acordemos de que no hemos hecho alguno de los rituales previos a un maratón, como estirarnos, darnos vaselina en los puntos de fricción o que no hemos traído la tableta de glucosa que habíamos preparado para los últimos kilómetros.

Pero hoy, por suerte, no tengo ninguno de estos pensamientos negativos. Voy más lento de lo previsto, sí, pero no me importa en absoluto y me da igual si no me he preparado bien las horas previas a la salida. Hoy todo me da igual. Solo deseo disfrutar de todo el recorrido y llegar a la meta lo mejor posible. Me da lo mismo a la hora que llegue.

Hoy solo es importante vivir con la máxima intensidad este sueño de correr en Nueva York. Hoy solo importa sentir cada instante como si fuera mi última carrera, ya que es muy probable que hoy sea de verdad mi última carrera.

—Yo también me acuerdo de algunas obras de la literatura —me dijo el hombre mayor—. Ya le he dicho antes que tengo muy buena memoria.

—Sí, me lo ha dicho, y no lo dudo.

—Alicia a través del espejo fue una de mis lecturas preferidas de cuando era joven. Me acuerdo del poema final en el que explica el paseo por el Támesis en barca en el que Lewis Carroll pensó por primera vez en "Alicia en el País de las Maravillas".

Y recitó de memoria este poema:

Bajo un soleado cielo, una barca
se desliza calladamente
en el sueño de una tarde de verano...
Tres niñas se acurrucan muy cerca,
los ojos brillantes, el oído atento;
quisieran oír un sencillo cuento...
Mucho ha ya de aquel soleado cielo,
se apagan sus ecos y su recuerdo...
El gélido otoño ha muerto aquel julio estival.
Mas su espíritu..., aún inquieta mi ánimo:
Alicia deambulando bajo cielos
que nunca ojos mortales vieron.
Aún querrán niños un cuento,
los ojos brillantes, el oído atento,
acurrucándose amorosos a mi lado.
Penetran en un país de maravillas.
Soñando mientras pasan los días,
soñando mientras mueren los estíos.
Siempre deslizándose con la corriente...,
siempre flotando en ese rayo dorado...
La vida, acaso, ¿no es más que un sueño?

—Siempre me acuerdo de este poema, porque esa idea de que toda nuestra vida no es más que el sueño de alguien, de Dios tal vez, siempre me ha rondado por la cabeza. Y en el libro de "Alicia a través del espejo" se plasma al final esa idea de que todo ha sido un sueño, el sueño del Rey Rojo, que está todo el rato dormido, y que si éste se despertara incluso la propia Alicia se apagaría, literalmente, como una vela.

—Sí —dije—. Es una idea fascinante y a la vez aterradora. Podemos no ser lo que creemos ser, sino solo el fruto de la imaginación de alguien que sueña mientras duerme. Y por eso he decidido hacer algo.

—¿Sí? ¿Qué es lo que ha decidido?

—Mire, no sé si somos fruto de un sueño ni sé, como le he dicho, lo que pasó entre usted y el indio Harry. Pero, por si acaso no somos un sueño, por si acaso somos algo real, si fue real lo que quiera que le hiciera al indio Harry, al niño Harry, he decidido que no puede irse usted de este mundo, de este sueño, llevándose ese secreto.

Me miró y esta vez un pequeño gesto en su rostro me indicó que había una cierta intriga en su ser.

—Y quiere que le narre a usted mi historia.

—No, no —le interrumpí—. No quiero que me la confiese a mí, ya que mi amigo, el amigo al que Harry se la contó, no me la quiso explicar porque Harry decidió llevarse con él esa historia y no soy yo quién para no cumplir los deseos de un muerto.

—Pero alguien más debe saberla. Quiero que alguien más que mi amigo y usted sepa la verdad. Quiero que alguien, cuando usted pasee por el pueblo, cuando usted acuda a su iglesia, cuando usted vaya a comprar algo, sepa quién es usted realmente. Quiero que usted viva lo que le reste de vida bajo el yugo de la vergüenza del oprobio de ser descubierto. Quiero que se sienta culpable de lo que sea que hizo, porque Harry sufrió mucho durante toda su vida y usted debe sufrir lo que le quede de la suya.

—¿Y cómo sabrá usted que he confesado si usted no sabe qué es lo que debo confesar?

—Esté usted seguro de que lo sabré, y mi poderoso amigo

también lo sabrá.

Y ahora sí que vi la huella de la preocupación en su mirada.

6. CARTAS

El hombre mayor escribió, como le pedí, dos cartas. Una para Peter, en la que explicaba los hechos que habían acaecido en aquella escuela para indios tantos años atrás. Peter conocía la versión de Harry, ya que él mismo se la había contado en aquellas extrañas circunstancias que yo desconocía. Así que, si la versión del hombre mayor no encajaba con la que Peter conocía, Peter sabría que había mentido y comunicaría los hechos que Harry le había confesado a la Policía de Flagstaff y a algunas otras personas relevantes de la localidad, antes de que el hombre mayor muriera para que todo el mundo supiera quién había sido en el pasado aquel hombre y lo que había hecho.

La otra carta era para el alcalde de Flagstaff, que era una persona muy influyente y muy respetada entre todos los vecinos. Así, el alcalde sabría la verdad y él decidiría qué había que hacer y a quién debían comunicarse los hechos. Peter estaría al corriente de lo que decía la carta que el alcalde recibiría, ya que en ella Peter aparecía como testigo de la versión de Harry y había instrucciones para el alcalde para que se pusiera en contacto con Peter.

Yo no leí ninguna de las dos cartas, pues no estaba autorizado por Peter para conocer los hechos, salvo si el hombre mayor me los confesaba personalmente, cosa que no quiso hacer.

Cuando terminó de escribir las cartas, las metió en sendos sobres, los cerró bien, me los entregó y se quedó en silencio en su butaca. Yo me despedí de él y me marché. Al salir me pareció verle abatido y pensé que algo de justicia ya se había hecho con el indio Harry.

Por la mañana, después de un corto e inquieto descanso, me acerqué a la casa del alcalde y le entregué en mano la carta del hombre mayor. No le di muchos detalles, solo le dije que tenía una confesión de ese hombre para él, que yo solo era un mensajero.

Luego me marché del pueblo siguiendo mi camino. Pero antes llamé a Peter y me cité con él a las afueras de Flagstaff. Allí le entregué su carta. La leyó y pareció quedarse satisfecho.

—Bien, David —me dijo aliviado—. Parece que su último trabajo ha salido a la perfección. Es usted una persona muy eficaz. Ojalá nos hubiésemos conocido en otras circunstancias.

—Sí —dije—. Hubiese sido mejor conocernos como amigos desde un principio y no de la forma que lo hicimos. Creo que es usted un buen policía y una buena persona. No le juzgo por lo que me ha hecho hacer. No es sencillo decir qué está bien y qué está mal en este mundo y en su trabajo. Se suele decir que bien está lo que bien acaba, y por ahora parece que nuestros negocios en común han terminado bien.

—Eso espero —y me alargó la mano en un gesto de amistad y respeto que ponía fin a nuestra relación—. Voy a regresar a Nueva York y haré lo posible para que la investigación sobre el asunto del alcalde M.B. no avancé más allá de donde está ahora, que es casi donde empezó, por las noticias que tengo. Le deseo que su viaje hasta Los Ángeles siga sin ninguna novedad y regrese a su casa sin mayores contratiempos.

—Gracias. Ojalá sea así. Y si hay suerte quizás nos podamos ver el año que viene en el Maratón de Nueva

York. No me gustaría perdérmelo después de todo lo que me ha pasado por no haberlo podido correr este año.

—No sé si sería conveniente que nos viéramos. Creo que sería más prudente que nuestra relación se terminara aquí.

—Sí, es posible que tenga razón. De acuerdo entonces —y nos apretamos las manos en un firme gesto de mutuo aprecio y así nos despedimos.

No esperaba volver a verle más. Pero de nuevo me equivoqué.

En el kilómetro 6 de la carrera ya estamos plenamente inmersos en una de las primeras largas rectas que tendremos que atravesar. Hemos entrado hace algo más de un kilómetro en la 4ª Avenida y nos quedan unos cuantos más hasta salir de esta primera tortura mental que es toda larga recta en una carrera de fondo. Por suerte, ahora estoy físicamente muy bien y como hace pocos kilómetros que hemos entrado en Brooklyn, donde el público nos anima muchísimo, es fácil mantener un buen ritmo y sentirnos optimistas y llenos de euforia.

Mi único deseo en este instante es que todo siga así hasta la meta. Mis piernas por ahora van muy bien, los ánimos de la gente son fabulosos y mis sentimientos y sensaciones no pueden ser más optimistas. Éste es un tramo para disfrutar del ambiente, y esto es lo que hago, tan solo disfrutar. Ni siquiera la duda de lo que me espera al cruzar la meta me impide gozar de estos momentos con la máxima intensidad. Los gritos del público acallan cualquier otro grito que pueda salir de mi alma atormentada por los hechos del año anterior.

Ojalá no cesaran nunca estos ánimos. Ojalá esto fuera así para siempre. Ojalá nunca llegue a la meta. Ojalá mi vida acabara así. Ojalá.

5. LA ÚLTIMA FRONTERA

Dejé atrás Flagstaff y mi último trabajo con Peter. Ya podía respirar más tranquilo, pues a partir de entonces no añadiría más situaciones de riesgo a mi vida, pensé. Pero me equivoqué una vez más.

A pesar de estar ya libre de mi compromiso con Peter, decidí seguir por la carretera secundaria 89A, deshaciendo la ruta de la Race Across America como lo venía haciendo desde Annapolis, ya que me permitía alejarme de peligros potenciales y me sentía mucho más seguro y tranquilo.

Pasé por Sedona y Cottonwood, dos pueblos semivacíos en esta época del año, para internarme en las áridas montañas de Woodchute por una sinuosa carretera antes de bajar al valle de Prescott, donde paré a dormir y descansar bien antes de afrontar la última etapa de mi viaje hacia el Pacífico.

Cogí una habitación en el Vendome, en una calle muy tranquila de Prescott. Era un hotel casi centenario y muy coqueto en el centro del pueblo, pero del que no pude disfrutar mucho, ya que el cansancio por la tensión de mi labor en Flagstaff me hizo dormir todas las horas que pude. Por la mañana desayuné, recogí mis cosas y seguí mi viaje por carreteras desiertas, como la Iron Springs Road, donde tan solo los arbustos y el frío me acompañaban. Poco después atravesé Congress y a partir de ahí ya prácticamente se podía decir que entraba en el desierto. Dejé atrás Salome y crucé el Río Colorado en Parker, por la

Agnes Wilson Road, en un puente bastante anodino en una zona donde el río Colorado no muestra ningún esplendor especial. Era la última frontera estatal de mi viaje a través de los EE.UU., la frontera entre Arizona y California.

Al cruzar el río e internarme en esta zona desértica de California me creí a salvo, pues ya estaba prácticamente en la última etapa de mi largo viaje desde Nueva York. Ya veía la meta y me entraron nuevos ánimos, pues, salvo que cometiera algún error, ya no debía preocuparme por la posibilidad de tener que pasar algún control policial.

Pero no me acordaba de las leyes antinmigración.

El kilómetro 5 de un maratón es como la primera boya a la que hay que dar la vuelta en una regata. Sirve para comprobar el ritmo medio al que estás corriendo y sirve para recordarte que debes empezar a beber cada cinco kilómetros para no tener más tarde problemas físicos.

Hoy, en la 4ª Avenida, en la esquina con la Calle 81, compruebo el ritmo al que estoy corriendo pero más por la costumbre que por otra cosa, ya que sé perfectamente que estoy corriendo muy despacio y además me he parado varias veces para sacar unas fotos. Normalmente, en cualquier otro maratón, hasta aquí hubiese corrido calentando de menos a más y ni se me hubiera pasado por la cabeza detenerme a sacar una foto, pero el Maratón de Nueva York es algo especial y merece la pena vivirlo con intensidad y olvidar el paso del cronómetro.

Esta zona de Brooklyn parece muy agradable para vivir. Las casas son bajas, como las de una ciudad normal europea. La calle es ancha y el ambiente de la gente que nos anima desde los diferentes portales es fantástico. Dan ganas de pararse y charlar un rato con estas personas, sobre todo con las que nos animan con música desde algunos portales que tienen un pequeño jardín a la entrada. ¡Qué diferentes son los barrios de Nueva York! ¡Qué diversidad puede llegar a haber en esta ciudad!

También somos muy diferentes todos los que estamos corriendo hoy aquí. Miro alrededor y veo a gente de todas las edades, de todos los países, de todas las razas. Pero hoy todos corremos unidos en un único objetivo, que no es otro sino disfrutar de algo único en el mundo, de sentir esto tan fuerte que estamos sintiendo todos hoy, seamos de donde seamos y seamos como seamos. Y todas estas sensaciones nos llegan tan profundamente al fondo de nuestro ser que, apenas recorridos unos pocos kilómetros de la carrera, estoy seguro de que todos nosotros ya solo pensamos en que ojalá podamos repetir esta experiencia más veces en lo que nos resta de vida.

Sí. Ojalá yo pudiera hacerlo.

4. ¿SOÑARÉ?

Ya había dejado atrás las zonas de regadío cercanas al río Colorado y el paisaje me recordaba plenamente que a ambos lados de la carretera tan solo el desierto me acompañaba, pues, mientras la carretera empezaba a tomar dirección hacia el oeste, el río seguía su camino hacia el sur.

Pensando en ello me había distraído de mi situación y me había olvidado de que unos kilómetros al sur de Palo Verde, ya en California, en la Highway 78 hay un puesto de control de fronteras. No es un control en la frontera interestatal, la cual había atravesado al cruzar el río Colorado pocos kilómetros antes, sino que es uno de los puestos de control que la Policía de Fronteras de EE.UU. tiene situados en algunos puntos no muy lejanos a la frontera con México. Y, por desgracia para mí, solo me acordé de él cuando ya lo tenía casi delante de mí y un agente me indicaba que me detuviera a la izquierda de la carretera.

Enseguida pensé en dónde tenía las pistolas, y me di cuenta de que estaban dentro de mi mochila. No estaban a la vista, pero si registraban mis pertenencias, no era difícil que las encontraran.

Pero ya no podía dar la vuelta e intentar cruzar ese Control por otro lado. Y además, no tenía muchas opciones, salvo la de aventurarme por el desierto, lo cual ya de por sí era bastante peligroso, pese a que en esta época no se daba el calor sofocante que encuentran los participantes de la RAAM en junio, cuando se disputa la carrera.

Detuve el coche siguiendo las indicaciones del agente. Lo primero que me preguntó era si yo era ciudadano americano. Le dije que no, que estaba de turismo en el país y le entregué mi pasaporte y los papeles de la furgoneta.

Tardó un buen rato en salir de la oficina y cuando se acercó a mí me dijo que tendría que revisarme el equipaje.

—En circunstancias normales le dejaría pasar —me dijo—. Pero ya sabe lo que le pasó al alcalde de Nueva York, ¿no?

—Por supuesto —contesté intentando aparentar una tranquilidad que no tenía—. Ha sido la noticia más importante de las últimas semanas, cómo no lo iba a saber.

—Sí, eso es, una noticia muy importante, y por eso tenemos orden de registrar todos los vehículos que vengan del este. Por lo que veo usted entró en el país por el aeropuerto JFK en Nueva York poco antes del asesinato del alcalde y alquiló esta furgoneta en Washington pocos días después, así que no me queda más remedio que registrar su equipaje.

—Claro, agente —dije con cara de entender su situación y de que no me preocupaba nada—. Haga su trabajo.

Pero sí que me preocupaba que registrara mis cosas. No sabía cómo iba a terminar todo, pero desde luego estaba metido en un buen lío.

Me dijo que saliera de la furgoneta y así lo hice. El agente me hizo abrir la puerta de atrás y cuando ya iba a empezar a registrar mis bolsas ocurrió algo totalmente inesperado, algo que ni yo ni aquel agente de fronteras podremos olvidar nunca por muchos años que vivamos.

"—¿Soñaré?
—Desde luego que soñarás. Todas las criaturas inteligentes sueñan, pero nadie sabe por qué."

Recuerdo bien este pasaje del libro "2010. Odisea dos" de Arthur C. Clarke, en el que el Dr. Chandra habla con el computador SAL 9000, gemelo de HAL 9000, antes de desconectarlo para estudiar su reacción, en un intento de explicar por qué HAL 9000 se había vuelto paranoico en la Misión Júpiter en 2001.

HAL 9000, al igual que SAL 9000, era una criatura inteligente, como lo eran sus compañeros humanos en la misión, David Bowman y Frank Poole. Y todas las criaturas inteligentes soñamos, como bien dice el Dr. Chandra, aunque normalmente podemos distinguir entre los sueños y la realidad, y cuando no podemos es que hay algo que va mal. O algo va mal en la realidad, o algo va mal en nuestra cabeza. Sea como sea, es que algo no encaja.

Aquel día, cuando ocurrió aquello en el control de fronteras en la Highway 78, tanto el agente de policía como yo mismo tuvimos dificultad para saber si lo que pasó fue o no real.

Mientras yo permanecía allí de pie, junto a la furgoneta, y el agente estaba ya a punto de abrir una de mis bolsas, un ruido sordo nos sobresaltó. Justo a nuestro lado surgió de la nada una lanza india que se clavó en el suelo tras un rápido vuelo desde algún lugar del desierto.

Ambos miramos en la dirección de la que había llegado esa lanza y vimos algo que nos dejó a los dos paralizados sin comprender bien lo que pasaba.

A unos cien metros de nosotros un guerrero indio adornado con un gran penacho de plumas permanecía orgulloso sobre un caballo pinto. Nos miró y emitió unos gritos que claramente eran un desafío.

El agente, asustado, me ordenó echarme al suelo y sacando su arma se dirigió hacia su coche patrulla.

Mientras el agente daba orden a su compañero, que permanecía dentro de la oficina, para que avisara por la radio de lo que pasaba, el indio galopó unos metros hacia nuestra posición y cuando vio que el agente ya estaba arrancando el coche, se giró y corrió hacia el desierto mientras era perseguido por el policía. Parecía claro que el indio quería que le siguiera.

El compañero del agente salió de la oficina y me dijo que era mejor que me fuera, vistas las circunstancias, y rápidamente me metí en la furgoneta y arranqué antes de que cambiara de opinión.

Y mientras yo huía lo más rápido que podía, aún con el susto en el cuerpo, miré por el espejo retrovisor y vi algo que no pude explicar en aquel momento. Solo unos días después, cuando recibí cierta información relevante en el avión de regreso a Europa, pude empezar a comprender ciertos hechos. E incluso después de acceder a esa información no me quedó del todo claro si lo que vi fue real o fue fruto de mi imaginación.

Por el espejo pude ver al indio cabalgando al galope seguido del coche patrulla. Tanto el caballo como el coche levantaban una gran polvareda pese al frío del ambiente. Empecé a darme cuenta de que la polvareda que levantaba el caballo era cada vez más intensa, tanto que no parecía normal. En un momento dado el coche patrulla se ocultó entre la polvareda del caballo y de repente la gran polvareda que se había generado se desvaneció. El coche patrulla frenó bruscamente y el agente salió mirando al cielo boquiabierto.

Como digo, todo pareció un sueño y no estoy todavía seguro de si pasó en realidad, pero a través del espejo vi claramente cómo una enorme águila surgió de la nada elevándose rápido hacia el cielo desde el lugar en el que debía de estar el indio que, simplemente, había desaparecido.

Tras girar en la Calle 92 hacia la derecha, entro poco antes del kilómetro 4 en la larga y casi interminable 4ª Avenida, que me hará avanzar unos cuantos kilómetros hacia el norte casi en línea recta. Aún estoy con el shock que supone pasar de la soledad del puente Verrazano-Narrows a la algarabía de estas primeras manzanas por Brooklyn y de los primeros minutos rodeado de aplausos, público, música y animación, y casi no puedo recuperarme de tanta emoción, porque la sensación de éxtasis total sigue plenamente vigente en mi cabeza.

Las piernas corren solas ahora y empiezo a quitarme de encima el frío de la mañana que me ha inundado el cuerpo mientras esperaba la hora de la salida en Fort Wadsworth, por lo que me desprendo del fino chubasquero con el que he empezado la carrera y que no me hará falta hasta dentro de unas horas, cuando cruce la meta en Central Park.

Y este gesto, el de quitarme el chubasquero, hace que sea visible para el público mi camiseta con mi nombre impreso en ella. Y llega la emoción de sentir cientos de voces animándome por mi nombre en las calles de Nueva York, algo con lo que soñaba desde hacía meses y por lo que merece la pena pasar por todo lo que he pasado para correr esta carrera.

Desde aquí a la meta viviré unas horas intensas, casi tan intensas como algunos de los momentos que viví en los EE.UU. el año pasado. Pero hoy será diferente. Hoy solo serán emociones de las que gozaré de nuevo cada vez que las recuerde el resto de mi vida. Sea como sea la vida que me resta.

3. ORGÍA DESBORDANTE

Poco después de completar los primeros tres kilómetros, y tras haber dejado atrás el fantástico paso en la intimidad por el puente Verrazano-Narrows, la entrada a las calles de Brooklyn nos recibe a todos los corredores en una orgía de placer, de música, de gritos, de ánimos y de pasión desbordante. Las primeras notas que llegan a nuestros oídos mientras nos acercamos a los primeros grupos musicales, que a partir de ahora jalonarán los cuarenta y dos kilómetros de la carrera, estallan en nuestros sentidos como un orgasmo inevitable.

La gente, al igual que todos los que corremos, se vuelve loca según llega el maratón a las calles de Nueva York, a las calles de Brooklyn, y es imposible agradecer a todos sus gritos de ánimo, sus aplausos y la energía que nos transmiten.

Es como en ese tema de Philip Glass interpretado por el Kronos Quartet en el que pasan los tres primeros minutos sin que entiendas muy bien cómo va a seguir luego la música, que suena como distraída, como dudando de si continuar o no. Pero, de pronto, en el minuto 3:03 del tema, se detiene un instante y surge desbordado un torrente de sonidos, una catarata de sensaciones durante los dos minutos y medio posteriores, que es lo más parecido a un éxtasis sexual en forma de cuarteto de cuerda. Eso es, para mí, lo que más se parece a la entrada a Brooklyn en el Maratón de Nueva York, un lugar donde todo estalla,

estalla la música, estallan los gritos, estalla nuestra alegría.

Y esto me hace recordar a Corina. Me trae el recuerdo de la segunda noche que pasé con ella, la última hasta ahora, y me temo que la última para siempre, salvo que ocurra un milagro cuando llegue a mi hotel dentro de unas horas.

Aquella noche, triste por la despedida, fue a la vez una de las más sensuales que nunca haya tenido en mi vida, y por eso la recuerdo ahora, en este explosivo éxtasis de Brooklyn.

Después de cenar estuvimos bebiendo una copa en su sofá. Ella se recostó a mi lado. Llevaba un vestido corto entallado y le hacía una figura perfecta. Mientras bebíamos nos besamos y el sabor del alcohol junto al de su lengua contra la mía excitó mi deseo.

Poco a poco las caricias y los besos fueron marcando el camino, y de pronto, como en la entrada en Brooklyn, como en la música del Kronos Quartet, nos quedamos un momento quietos, mirándonos a los ojos y no pudimos detenernos. Su deseo y el mío estallaron y ambos nos tocamos con pasión nuestros sexos anhelantes de placer. Su vestido y mi ropa no tardaron en dispersarse por el suelo de la habitación y mi boca halló rauda el camino correcto entre sus muslos.

Sus pechos subían y bajaban mientras mis manos intentaban sujetarlos, y mi pene, duro, no tardó en encontrar su mano que lo acariciaba y lo movía con dulzura. Después, ella se dio la vuelta y mi lengua dejó el paso libre y húmedo para que mi pene la penetrara al ritmo que Corina me iba marcando con su cintura.

No tuvimos prisa esa noche y la disfrutamos ambos de una manera inolvidable.

Después de ver a través del espejo aquel raro suceso en el Puesto de Control al sur de Palo Verde, conduje rápido por la Highway 78 hacia el oeste.

Quería alejarme lo antes posible de aquel lugar ya que no comprendía lo que había pasado, lo que me hacía ser prudente, y además porque tenía miedo de que el agente cambiara de opinión respecto a mí y me siguiera para terminar el registro de mis cosas.

Pocas horas después ya había dejado atrás el desierto y atravesé casi sin detenerme todos los pueblos que encontré en mi camino, como Borrego Springs o Ranchita. Finalmente crucé las últimas montañas que me separaban del océano, cerca del Monte Palomar, y ya más relajado llegué por fin sin más sobresaltos a la costa del océano Pacífico.

2. LOS HILOS QUE NOS MANTIENEN EN EL MUNDO

Por la noche, en el mundo de los sueños, debido al cansancio y a los sobresaltos del día anterior, se habían mezclado los hilos que me mantenían unido al mundo real y por eso, al despertarme a la madrugada no sabía dónde me hallaba. Tardé mucho en darme cuenta. Mi cuerpo se había desperezado antes de que mi cabeza lo hiciera, y al levantarme para buscar el baño no logré situarme y hube de arrastrarme casi palpando los muebles, las paredes, la cama, hasta que encontré un interruptor y pude encender una luz. Pero mientras yo esperaba encontrarme junto a la puerta del cuarto de baño, lo único que había frente a mí era una ventana cubierta con una cortina que filtraba la luz de las farolas y de los coches de la calle.

Finalmente supe dónde estaba. Supe que la tarde anterior a última hora había llegado a mi destino y había cogido una habitación en el hotel Ramada en Oceanside. Supe que era mi última noche en los EE.UU., si todo iba bien, y recordé que tras el desayuno debía dirigirme al aeropuerto de Los Ángeles para devolver la furgoneta en la oficina de la empresa de alquiler y que antes de dormirme había reservado un asiento en el vuelo de Air France a París de las 15:45.

Es curioso comprobar cómo hay unos finos hilos que nos mantienen atados a nuestra realidad mientras dormimos: el lugar que ocupamos en la cama, la disposición de la mesilla de noche y de los objetos que dejamos sobre ella antes de dormirnos, la tenue luz que se filtra por las rendijas de la puerta y de las ventanas, la familiaridad de los sonidos de la habitación... Todos estos hilos nos ayudan a encontrar el camino de retorno a la vida que debemos transitar todas las mañanas al despertarnos, y si estos hilos se rompen o se entremezclan durante el sueño, somos incapaces durante un buen rato de saber qué dirección tomar.

Así que era normal, tras estas últimas semanas de viaje y de emociones, que ninguno de mis hilos hubiera soportado la tensión provocándome una desorientación total y mucho más duradera de lo habitual.

Pero finalmente encontré la entrada del cuarto de baño y pude volver a mi camino hacia la vida tras ese pequeño simulacro de la muerte que es el dormir.

Eran tan solo las tres de la mañana. No tenía ninguna prisa y con salir de Oceanside hacia las nueve de la mañana tenía tiempo de sobra para hacer todas las gestiones necesarias tanto en la entrega de la furgoneta como en el aeropuerto, así que intenté dormirme de nuevo.

Pero apenas logré enlazar algunas breves cabezadas hasta que hacia las siete decidí darme una ducha antes de ir a desayunar algo. Luego, como tenía tiempo, fui hasta la playa y paseé un buen rato por el Oceanside Pier, que estaba desierto a esas horas de la mañana. La mar estaba agitada y el tiempo era bastante desapacible, mucho más de lo que podía esperarse en esta zona del sur de California. En la playa solo había un par de personas corriendo a lo lejos y algún que otro surfista valiente se preparaba en la orilla para intentar coger algunas de esas grandes olas.

Al final del muelle, y tras comprobar que no hubiera nadie vigilando, saqué de mi mochila las dos pistolas que me habían acompañado en todo el viaje y las lancé al mar lo más lejos que pude.

Después regresé al hotel, recogí mis cosas, pagué la habitación y conduje tranquilamente mientras el océano Pacífico quedaba a mi izquierda.

Ya en el aeropuerto, devolví la furgoneta y me acerqué hacia el control de seguridad para ir al mostrador de facturación de Air France.

Había bastante cola, más de la que podía esperarse pese a estar cerca de las navidades, ya que, por algún motivo que yo desconocía, los agentes de seguridad estaban realizando su trabajo con más empeño que otras veces. Pensé que tal vez hubiera ocurrido algo. Bueno, era algo previsible en un aeropuerto tan importante como el de Los Ángeles. Lo que ya no era tan previsible era lo que vi entonces.

El kilómetro 2 de este maratón coincide con la fase de excitación, según nos explican las diferentes teorías psicológicas que hablan de las varias etapas por las que pasamos los corredores durante la carrera. Estamos ya terminando de cruzar el puente Verrazano-Narrows y ahora corremos cómodamente cuesta abajo hacia Brooklyn, mientras admiramos continuamente la espectacularidad de este gigantesco puente sobre la bahía del río Hudson.

Tenemos toda la carrera por delante y, es verdad, estamos todos los corredores realmente excitados por estar aquí, iniciando la carrera de nuestra vida, iniciando este viejo sueño de correr aquí, en Nueva York. Todos corremos con una gran sonrisa en nuestro rostro y no hay nada más que felicidad en los gritos y en los gestos que salen espontáneamente de nuestro cuerpo.

Es imposible evitar esta excitación, esta alegría. Todo lo que hemos soñado tantas veces se está haciendo por fin realidad, y los sentimientos están tan a flor de piel que se desbordan sin remisión. Todo lo que nos pase hoy lo recordaremos simplemente como algo de lo mejor que nos ha pasado en nuestra vida.

La historia de Peter con el indio Harry.

"Estimado David:

Cuando me despedí de usted en Flagstaff hace unos días le dije que iba a volver a Nueva York, pero, como estaba ya cerca de California, decidí alargar unos días más mi viaje para visitar a unos amigos. La verdad es que todo este viaje que he hecho con usted, o más bien, cerca de usted, me ha servido para reencontrarme con viejos amigos y para recordar muchas cosas de mi pasado.

Lo del indio Harry fue una de estas cosas del pasado que ya casi había olvidado, y cuando me enteré en Flagstaff de que había muerto hacía poco, sentí mucha pena por no haber mantenido una mayor relación con él en estos últimos años.

Como le dije, Harry y yo nos conocimos en unas circunstancias muy extrañas, y también le dije que tal vez algún día se las contaría.

Pues bien…".

1. SUEÑOS EN LA CABEZA

Varios helicópteros de la Policía de Nueva York sobrevuelan el río Hudson a baja altura junto al puente Verrazano al comienzo de este maratón histórico. Tras el trágico suceso del maratón de Boston en abril de 2013, todas las medidas de seguridad se han multiplicado y la mayoría de los corredores miramos con asombro y curiosidad cómo de cerca nos vigilan desde el aire para evitar cualquier situación de riesgo, aunque ninguno de nosotros tiene la menor sensación de estar en peligro. Solo llevamos un kilómetro corriendo y acabamos de pasar bajo el primero de los dos pilares que sujetan este magnífico puente colgante. Muchos nos detenemos de vez en cuando para sacar alguna foto del puente y de los helicópteros. El viento es bastante frío a estas horas y la gente corre abrigada por ahora. Pero no es frío lo que se refleja en nuestros rostros sino felicidad. Por fin estamos aquí. Por fin llegó el momento.

Seguro que muchos tienen ahora en mente algunas frases que, dicen, pertenecen a Emil Zátopek, ese gran mito del atletismo que en un intervalo de ocho días ganó la medalla de oro en los 5.000 metros, en los 10.000 metros y en el Maratón en las Olimpiadas de Helsinki en 1952. Frases como "Si quieres correr, corre una milla. Si quieres experimentar una vida diferente, corre un maratón" o "Un atleta no puede correr con dinero en los bolsillos. Ha de hacerlo con esperanza en su corazón y sueños en la cabeza".

Sí, es cierto. Ni una sola de las más de cincuenta mil personas que hoy atravesaremos este puente ha dejado de soñar con este instante desde hace varios meses, incluso algunos desde hace varios años. Todos y cada uno de nosotros tenemos toneladas de esperanza en nuestro corazón, más que suficiente para llegar a Central Park dentro de unas horas y convertir nuestro sueño en un recuerdo real, en una experiencia única y experimentar, como dijo Zátopek, una vida diferente.

Sí, es un momento mágico. Es nuestro momento.

Cuando ya estaba a punto de terminar mi paso por el control de seguridad en el aeropuerto, un pequeño revuelo al fondo de la gran sala de acceso hizo que yo levantara la vista instintivamente. Al principio apenas noté nada extraño, pero enseguida el miedo me atenazó y el corazón empezó a desbocarse como si estuviera llegando a la meta de Central Park.

Allí, señalándome con una mano e indicando a los agentes del control que me detuvieran, Peter corría hacia donde yo estaba.

Después de nuestra última charla en Flagstaff no pensaba verle de nuevo, por lo menos no hasta mi regreso para el maratón de 2013, así que no sabía qué pensar. Pero, desde luego, cada posibilidad que me venía a mi mente no era nada buena para mí.

Además, si solo quería charlar conmigo de lo que fuera, no estaría pidiendo a la policía del aeropuerto que me detuvieran.

Finalmente llegó a donde yo estaba y dirigiéndose a los agentes que ya estaban a mi lado comenzó a hablar.

—No se preocupen agentes —les dijo mientras les enseñaba su placa de Policía de Nueva York–. Ya me encargo yo, no pasa nada —y agarrándome del brazo me llevó hacia un lado para apartarme de la gente que me miraba como si yo fuera un peligroso delincuente.

—Tranquilo, David —me susurró—. No pasa nada, podrá tomar su avión con normalidad. Pero se me olvidaba darle esto y temía llegar demasiado tarde.

Me alargó su mano derecha y en ella había un sobre con mi nombre. Mientras yo trataba de calmarme Peter me repitió que no pasaba nada, que nuestro acuerdo seguía en pie, pero que se había acordado de una cosa que me había dicho unos días atrás y decidió venir a buscarme antes de que yo me marchara.

—Cuando esté tranquilamente sentado en el avión, lea esto que le doy —y me deseó buen viaje. Luego les dijo algo a los agentes de policía del aeropuerto y se marchó.

Unas tres horas después, cuando la señal de abrocharse los cinturones de seguridad se apagó, encendí mi I–pod, busqué la mejor música que tenía para relajarme, seleccioné el concierto para clarinete y orquesta K. 622 de Mozart, saqué la carta de Peter, la abrí y comencé a leerla mientras las largas notas del suave clarinete invadían todo mi ser.

0. NESSUN DORMA

A punto de iniciar la carrera de mi vida la alegría se desborda por todo mi cuerpo. Gracias a ti, alcalde M.B., he soñado un año más con este momento y por eso ahora lo saboreo con mucha más pasión que si hubiera corrido el maratón el año pasado.

Apenas he dormido esta noche en esta ciudad que nunca duerme. Ha sido una noche de nervios, de ilusión, casi como cuando de niño esperaba con ansia los regalos que me dejarían los Reyes Magos. Dormía mal y me despertaba muy temprano.

Sí, apenas he dormido pensando en todo lo que voy a sentir hoy corriendo sobre el asfalto de Nueva York. Hoy nadie de los que estamos aquí ha podido dormir bien, y eso me recuerda la famosa aria del tercer acto de la ópera de Giacomo Puccini, "Turandot", el "Nessun dorma", "Que nadie duerma". Eso es. Que nadie duerma hasta que todos venzamos al alba a esta mágica distancia en la meta de Central Park. Que todo el mundo nos espere en vigilia mientras nosotros soñamos aquí, soñamos despiertos tras una noche en vela.

Cerca ya del momento de empezar a correr cruzando el puente de Verrazano todos los corredores se muestran nerviosos. Algunos comen algo, ya que el madrugón les ha impedido desayunar bien en su hotel. Otros simplemente charlan mientras esperan sentados la hora de empezar la carrera de su vida. Las colas para ir al baño para eliminar la tensión son largas, pese a los cientos de baños portátiles que la organización tiene preparados. Poco a poco se van dando las diferentes salidas de la carrera, ya que es tan grande la multitud que es casi imposible hacer una salida conjunta.

Pero, salgas a la hora que salgas, la salida de tu grupo tiene toda la parafernalia de la salida que se ha dado a los corredores profesionales. La música de Frank Sinatra y su famoso "New York. New York" nos hace vibrar a todos y nos eriza el vello de todo el cuerpo mientras vamos avanzando poco a poco hacia el momento definitivo. Luego el himno de los EE.UU. termina de aportar esa emoción extra al ya de por sí emocionante instante de comenzar el maratón más famoso del mundo. Y finalmente toda la excitación y la tensión acumulada las horas previas, los días previos, los meses previos, o incluso los años previos se desborda imparable hacia la larga recta inicial que supone cruzar el Verrazano-Narrows Bridge.

Cada uno trata de ajustar su ritmo a su preparación y a sus sensaciones, pero es inútil aquí tratar de correr rápido. No. No es un maratón para correr rápido, es un maratón para disfrutarlo despacio, con calma, dejando que los kilómetros transcurran a su ritmo, sin forzarlos. Ya hay otras carreras en las que tratar de hacer una marca, pero no en Nueva York, no aquí.

Ahora solo importa correr siguiendo a la multitud e ir poco a poco alcanzando nuestro carril en este puente tan majestuoso. Algunos de los grupos incluso corren por los carriles inferiores, lo cual es una pena porque se pierden la vista de las imponentes columnas y cables que sujetan este puente colgante.

Y nadie echa de menos ahora, y menos yo, el no haber dormido bien hoy. Estoy tan despierto que parece un sueño hecho realidad. Pero ¿qué digo? Es un sueño hecho realidad. Es real. Todo lo que estoy viviendo es real y al ver la cara de la gente, de los demás corredores, noto que todos sienten lo mismo que yo. Gente venida de todas las partes del mundo. Gente de todos los colores, de todas las edades, de todas las clases sociales. Ya no hay sexos, no hay clases, no hay edades, no hay colores. El maratón de Nueva York nos ha unido a todos en un único ente que abarca cuarenta y dos kilómetros, cinco barrios y una ciudad entera. Todos somos uno. Es el sueño de los idealistas, de los místicos, de los utópicos, de los ilusos. El sueño en el que toda la humanidad se une para marchar unida hacia un mismo destino. Esto es el maratón de Nueva York. Un triunfo de la gente por encima de cualquier otra cosa.

"…pues bien, por eso he escrito esta carta antes de regresar a casa, antes de que me arrepienta. Ésta es mi historia con Harry.

A principios de los 80 yo era un joven policía en Nueva York. Un verano tuve que ir por un asunto raro a Utah a recoger a un delincuente que había estado burlando a toda la policía del Bronx los últimos tiempos. No sé muy bien cómo, pero el caso es que había sido detenido en un pueblo de Utah por atracar una gasolinera y me enviaron a mí y a otro compañero a recogerlo.

Parecía una tarea rutinaria, pero a la vez para nosotros era toda una aventura ir hasta esa zona del país y regresar con un detenido. Tenga en cuenta que en aquellos años las comunicaciones no eran como las de hoy en día.

Llegamos a Moab, Utah, a primeros de julio. Hacía mucho calor y recuerdo que el paisaje era impresionante. Apenas había vegetación, pero el color de la tierra al atardecer hacía que te quedaras embobado mirando simplemente tu pequeño papel en esa naturaleza tan grandiosa.

Al día siguiente de llegar a Moab, el sheriff del condado nos entregó al detenido. Estaba esposado y no parecía un tipo demasiado fuerte, así que ninguno de los dos pensamos que nos daría tantos problemas como nos dio.

Al salir de Moab en nuestro coche, mi compañero conducía y yo iba de copiloto, mientras que el tipo iba atrás, esposado a la barra del coche. Le dejamos cerca una botella de agua para no tener que pasársela continuamente, ya que hacía un calor del demonio.

Mientras íbamos por la carretera de pronto se estropeó el coche en medio del desierto. Avisamos por radio al sheriff y estuvimos un buen rato esperando a que llegara una grúa para llevarnos de nuevo a Moab.

Como le decía, el calor era cada vez más insoportable, así que salimos del coche con el detenido y fuimos a un pequeño cañón que había cerca de allí, así por lo menos podíamos esperar a la sombra en vez de asarnos junto a la carretera.

Al cabo de un rato me acerqué al coche para preguntar por la radio si ya habían salido a rescatarnos, y nada más apagarla sentí un fuerte golpe en la cabeza, caí al suelo y para cuando quise darme cuenta de qué era lo que pasaba vi al delincuente apuntándome con una pistola. No sé cómo, pero el caso es que había logrado quitar el arma a mi compañero, le había golpeado dejándole inconsciente y luego se había acercado a mí mientras yo hablaba por la radio.

No sabía qué hacer. En ese momento tampoco sabía si mi compañero estaba vivo o muerto, y pasaría un buen rato hasta que llegaran de Moab a ayudarnos. Yo estaba allí, en el suelo, a merced de un delincuente. Le miré a los ojos y comprendí que estaba muy asustado y dispuesto a dispararme, así que intenté tranquilizarle. Le dije que era mejor no dispararme, que solo estaba buscado por atraco, y que si me mataba a mí o a mi compañero su situación empeoraría.

Por un momento parecía que así lo iba a hacer. Miraba alrededor como buscando el mejor lugar para huir, pero supongo que se daría cuenta de que escapar por aquel desierto en pleno verano a pie y sin apenas agua era un suicidio.

Le pregunté por mi compañero y me dijo que solo le había golpeado y luego me dijo que hiciera todo lo que él me pidiera. Su plan era esperar a que llegara la grúa y conmigo como rehén escapar en ella.

Una hora después la vimos llegar por la carretera. Nos metimos en el coche, él detrás con el arma y yo en el asiento del copiloto, tal y como habíamos venido. Cuando llegó la grúa a nuestro lado vimos que venía el sheriff con el dueño de la grúa, un mecánico del pueblo. El sheriff me preguntó por mi compañero y yo le dije, como me había pedido el tipo, que se había alejado un momento siguiendo la llamada de la naturaleza, ya me entiende. Luego le dije al sheriff que sería mejor que saliéramos los dos del coche mientras la grúa lo enganchaba y así lo hicimos. En cuanto estuvimos fuera el detenido nos apuntó a los tres, desarmó al sheriff y lo ató junto al mecánico al coche. Después rompió la radio y me obligó a conducir la grúa para alejarnos de allí.

Estuve conduciendo durante bastante rato por caminos alejados de la carretera principal, por lo que llegó un momento en el que estábamos perdidos. No teníamos ni un mapa y el agua que nos quedaba no nos iba a durar demasiado. Por suerte estaba anocheciendo y ya no hacía tanto calor.

Finalmente nos detuvimos en el cauce seco de un río. Yo no sabía lo que pensaba el detenido. Si seguíamos así moriríamos los dos de sed perdidos en el desierto, así que le dije que lo mejor sería no salirnos de los caminos para intentar volver a la carretera. Le dije que dos tipos de Nueva York no tenían ninguna posibilidad de sobrevivir en un lugar como ése si nos perdíamos.

Pasó un buen rato y el delincuente no decía nada. Supongo que no sabía qué hacer. El Sol estaba ya muy bajo y parecía que íbamos a pasar la noche allí, así que le dije que lo mejor sería prepararnos, ya que por las noches, incluso en verano, podría hacer mucho frío. Me dijo que bien, y me ordenó buscar entre las cosas que había en la grúa para ver si algo nos podría servir.

De pronto oímos un ruido extraño que nos hizo mirar hacia el oeste, hacia donde ya se estaba ocultando el Sol. Allí, en lo alto de unas rocas, vimos lo que parecía un coyote o un lobo gigantesco. Desde luego parecía un animal así, pero su altura era la de un mulo o un caballo.

Nos quedamos paralizados y el animal, fuera lo que fuera, volvió a emitir ese extraño sonido que nos había llamado la atención. Entonces se dio la vuelta, desapareció en el horizonte y la luz del día se marchó con él.

No sabíamos qué hacer, pero antes de pensar en ello oímos unos pasos de algo que se arrastraba hacia nosotros por el seco cauce del río. Y no era un lobo, ni un coyote. Ni un mulo o un caballo. Eran varios indios cubiertos con pieles de coyote que se acercaban hacia nosotros.

Era algo muy extraño, ya que vestían como si fuesen guerreros indios en el antiguo Oeste, algo que, incluso en el año en el que ocurrió esto que le cuento, era muy raro.

Instintivamente el detenido les apuntó con el arma, pero enseguida uno de los indios se abalanzó sobre él y lo redujo con facilidad. Yo me quedé quieto con las manos en alto.

Nos ataron las manos y nos obligaron a seguirles haciéndonos una señas. O no entendían el inglés o hacían como si no lo entendieran. Estuvimos caminando por el desierto durante unas dos horas.

Era ya noche cerrada cuando llegamos a su campamento. Había algunos hombres más, algunas mujeres y unos pocos niños. Todos ellos parecían vivir a la manera tradicional. Era como si hubiesen esquivado la civilización y el progreso, o como si hubiesen huido de ambos.

Al llegar nos ataron a unos postes, nos dieron un poco de agua y nos dejaron allí toda la noche. No sabíamos qué iban a hacer con nosotros.

Por la mañana, una mujer nos trajo algo de comida y más agua. Los niños nos miraban con curiosidad y un par de perros sarnosos que tenían nos gruñían sin atreverse a acercarse a nosotros. Luego vino uno de los que nos había apresado y se quedó mirándonos un buen rato, como pensando si le servíamos o no para algo.

Luego se marchó, gritó algo hacia los otros miembros del grupo y en un abrir y cerrar de ojos habían recogido el campamento e iniciamos de nuevo la marcha.

Durante todo el día apenas paramos. No se oían casi voces ni protestas. Ni siquiera los niños lloraban y eso que para ellos debía de ser muy duro caminar tantas horas bajo el calor del Sol. Finalmente llegamos a unas altas rocas en las que una pequeña hendidura daba paso a unas pozas de agua cristalina. Era un lugar fantástico para poner un campamento, pues estaba oculto desde el exterior y había agua en abundancia. Supuse que éste era el destino de nuestro viaje, pues montaron de nuevo el campamento y esta vez parecía que lo montaban para una estancia larga.

Pasaron cinco días y nada cambiaba para nosotros. Todo el rato nos mantenían atados a los postes y apenas nos daban comida o agua. El detenido ya no aguantaba más y a veces deliraba. Temí que se moriría allí mismo, y desgraciadamente al sexto amanecer estaba muerto. Uno de los indios, al ver su cadáver lo soltó sin apenas inmutarse, lo arrastró hacia unas simas que había cerca del campamento y lo arrojó allí. Luego comentó algo con el que parecía el jefe y eso fue todo. De esa manera tan extraña se acabó mi trabajo en Utah, recuerdo que pensé.

Yo veía que no iba a poder aguantar mucho más y no veía la forma de poder escapar. Estaba seguro de que mi final no tardaría muchos días en llegar.

Esa noche, mi sueño y mis delirios parecieron mezclarse. Me vi a mí mismo elevándome por encima del campamento. Desde arriba veía mi cuerpo atado al poste y veía a los indios durmiendo en sus tiendas. Me elevé aún más y pude ver las rocas que rodeaban el campamento desde arriba. Hacia todos los lados, el horizonte se alejaba enormemente y no había ningún otro rastro de vida humana en toda la extensión que mi espíritu podía ver desde tan alto.

Luego, a lo lejos, vi a una inmensa águila que se acercaba aleteando lentamente hacia mí. Cada uno de los movimientos de sus inmensas alas le hacían avanzar un gran trecho y mucho antes de lo que yo había pensado estaba sobre mí.

Mi espíritu, desde allá arriba, miró a los ojos del águila y, de repente, ésta abrió sus enormes y poderosas garras, me agarró y me llevó volando a una montaña.

Sé que le parecerá que todo esto no fue más que fruto del cansancio y de llevar una semana sin apenas comer ni beber, pero lo único que puedo decirle es que, cuando desperté, estaba tumbado en una camastro de paja y un indio que no era de los del grupo que me había secuestrado me mojaba la cara con un paño de agua fría.

Cuando me recobré, pregunté al indio cómo había llegado hasta allí, y me dijo que él me había rescatado cuando mi espíritu se había elevado al cielo para pedir ayuda. Me dijo que yo llevaba dos días dormido, pero que me pondría bien enseguida.

Pasé un par de días más con él mientras recobraba fuerzas para regresar a la civilización. Durante ese tiempo él se mostró cauto al principio, pero poco a poco surgió una cierta amistad entre nosotros, y fruto de esa amistad y mutuo entendimiento me confió cosas de su vida, de su infancia, que nunca había dicho a nadie más.

Cuando ya me sentí recuperado, el indio y yo nos pusimos en marcha. Tardamos otros tres días en llegar a una carretera. Luego el indio me señaló una furgoneta que venía a lo lejos. Me dijo que hiciera señas para detenerla y que Moab estaba a unas dos horas de allí en coche. Luego se despidió y se marchó.

Lo único que me dijo entonces era que su nombre era Harry y que él me buscaría más adelante si yo necesitaba de nuevo su ayuda.

Finalmente llegué a Moab y allí me reencontré con mi compañero de Nueva York, al que habían rescatado del desierto el mismo día de mi rapto y que aún estaba en Moab haciéndose cargo desde entonces de mi búsqueda.

Nunca encontraron el cadáver del detenido ni nadie sabía nada de un grupo de indios viviendo en las montañas a la manera tradicional.

Pasaron varios años y llegué a pensar que todo aquello que había vivido esos días, lo de los indios, lo del águila, lo de Harry, no había sido más que el fruto de mi imaginación mezclado con el delirio de permanecer en el desierto tantos días en aquellas condiciones tan extremas. Era lo más lógico.

Pero diez años después de aquello, estando en Nueva York, tuve un grave problema con un narcotraficante. Yo estaba en la investigación sobre el caso y ya teníamos a este traficante casi contra las cuerdas, pero algo salió mal el día en el que lo íbamos a arrestar y sin poder evitarlo me encontré en la azotea de un edificio de Brooklyn encañonado por ese tipo.

Yo estaba perdido. Él me apuntaba con una pistola y yo estaba justo en el borde de la azotea. Un paso atrás y era hombre muerto, y si no hacía nada estaba seguro de que ese tipo me iba a disparar.

De repente sucedió algo totalmente inesperado. Un águila surgió de la nada y se lanzó a gran velocidad contra el traficante y pude aprovechar ese momento para saltar sobre él y quitarle el arma. Me había salvado.

Lo creerá o no, David, pero esa misma noche recibí una llamada de un viejo amigo. Era el indio Harry que me preguntaba si yo estaba bien.

Y ésta es mi historia con el indio Harry. Tan solo quería contársela. Es la primera vez que se la cuento a alguien".

Guardé la carta de Peter, me recosté en el asiento, cerré los ojos y me dormí. Y soñé por última vez con Peter, con los indios, con la magia y con Corina.

43. DESPUÉS DEL SUEÑO

Con mi medalla al cuello sigo andando hacia la salida de Central Park. Todos los que acabamos de completar el maratón caminamos torpemente con una gran sonrisa en la boca. Nos dan algo de comer y de beber y, salvo algunos que se detienen de vez en cuando para hacerse alguna foto, todos intentamos ir lo más rápido posible, ya que pocos minutos después de haber parado de correr empezamos a sentir bastante frío y la capa de plástico que nos han dado no es que abrigue demasiado.

Poco a poco salimos del parque y caminamos en procesión por la 8ª Avenida paralelos a Central Park hacia el centro. Todo el mundo desea reunirse con sus familiares y amigos y llegar al hotel cuanto antes para poder darse una ducha reconfortante antes de ir a comer algo decente y descansar de la paliza de un maratón.

Sí, yo también estoy deseando llegar a mi hotel, pero a la vez no quisiera llegar nunca. Quisiera que este momento de felicidad plena que va entre los últimos metros antes de la llegada a la meta y el momento en que entras en la habitación del hotel para quitarte la ropa de correr y volver a ser una persona normal no acabara nunca. Sí, es verdad eso que dicen acerca de que la persona que termina un maratón no es la misma que la que lo empieza. Pero creo que esa persona nueva en la que te conviertes solo dura el rato que va entre la llegada a la meta y la ducha que se lleva el sudor y el rastro de la carrera y te devuelve a la normalidad. Durante esos minutos eres alguien diferente. Eres otra persona, alguien que no mira el mundo como lo hacía antes de empezar a correr. Ahora eres alguien que se cree poderoso, que cree que puede hacer todo lo que se proponga, alguien invencible. No hay nada ahora que te preocupe. Cualquier problema que tengas en tu vida, por muy complicado que sea, ahora deja de tener importancia y ya no piensas siquiera en ello, y si lo haces es para darte cuenta que ese problema tan grave tiene una solución muy sencilla. Es lo que tiene terminar un maratón. Si has sido capaz de llegar a la meta y de sobreponerte a las semanas de duro entrenamiento, a las lesiones y a las horas de sufrimiento de la carrera, cualquier otra meta que te propongas te parecerá sencilla de lograr.

Y, sin embargo, mi felicidad de hoy, aun siendo inmensa, no me parece que sea plena.

Sí, he cumplido este sueño del Maratón de Nueva York y he vuelto a sentir la satisfacción que da el correr cuarenta y dos kilómetros seguidos. Y sin embargo...

Sí. Yo también estoy deseando llegar al hotel y poder ducharme, y también quisiera, como todos lo que estamos aquí ahora, que este trayecto entre la meta y el hotel fuera infinito, que no acabara nunca este último kilómetro que hay más allá de la meta.

Pero es que hoy, en mi caso, la llegada al hotel no supone solo el final de este sueño, la vuelta a la vida normal. No. Llegar al hotel supone para mí tal vez el final de mi vida, el final de poder correr, el final de ser libre, el final de poder amar, de poder ver a Corina una vez más.

Cerca ya de Columbus Circle, salgo de la zona de llegada del maratón y me uno al gentío que formamos los corredores con el público, con los amigos y familiares que acompañan ahora a todos hacia sus hoteles. Todo el mundo habla de la carrera. Los corredores cuentan sus vivencias del día, y los familiares y amigos no paran de preguntar y de contar cómo han vivido el maratón desde las aceras. Todo el mundo va con una gran cara de felicidad. Incluso yo.

Sigo bajando por la 8ª en dirección a mi hotel, mi destino, y al otro lado de la carretera, medio escondido entre el público, veo una figura familiar.

Es Peter.

Me ha visto y me hace señales para que me reúna con él. No esperaba encontrarle aquí, la verdad.

En la nota que he dejado para la Policía en el hotel no he dicho ni una sola palabra sobre él. Solo yo soy responsable de mis actos. Solo yo he tomado las decisiones sobre todo lo que ha ocurrido en mi vida. Y respecto a los hechos del año pasado, soy yo el único culpable. Pude negarme a hacer lo que hice, pero no me negué y ahora debo ser consecuente con lo que pasó.

Esta mañana, antes de la carrera, al salir del hotel hacia Staten Island, he entregado una carta en la recepción para la Policía de Nueva York, una carta que he escrito en el hotel. Siendo sincero, hasta esta misma mañana no había pensado en ningún momento confesar lo que hice. Hasta hoy, salvo Peter Cardigan, nadie ha imaginado siquiera que fui yo quien te mató, alcalde M.B., ni que yo acabé también con aquellos dos tipos a lo largo del país. Sé que podría haber corrido el maratón y haber regresado a casa una vez más sin ningún problema.

Pero esta madrugada he decidido que no podía seguir ocultando más lo que hice. No sé exactamente por qué he tomado esta decisión. Tal vez haya sido por la mala noche que he pasado. He soñado contigo y he soñado con esos otros miserables a los que maté.

No es que me arrepienta de lo que hice, sigo pensando que todos lo teníais merecido. Pero algo había cambiado en mí esta mañana al levantarme. No sé. Tal vez al estar a punto de iniciar por fin el maratón con el que tanto he soñado he decidido que tras la carrera, tras cumplir mi sueño, mi vida no podría seguir igual sabiendo que he matado a varias personas. Por eso, nada más levantarme, lo primero que he hecho antes de bajar a desayunar ha sido escribir una nota para la Policía de Nueva York y he contado toda la historia.

Sí. He descrito cómo volví a Nueva York tras la suspensión del año pasado, cómo conseguí un arma en el Bronx y cómo te seguí aquella noche hasta que te disparé en la cabeza en Central Park. Luego les he dado varios detalles para que sepan que mi confesión es auténtica, que no soy un loco buscando protagonismo.

Luego he explicado mi viaje hacia California y cómo decidí que, si había hecho un acto de justicia contigo, alcalde M.B., bien podía hacer algunos otros actos con ciertas personas con las que me fui encontrando a lo largo de mi huida hacia el Pacífico. Les he dado los detalles de estas personas, los lugares donde las maté y las razones de hacerlo. No he comentado ni una palabra sobre Peter Cardigan ni sobre Corina. He dejado bien claro que solo yo decidí en todo momento los actos que cometí. Nadie me ayudó ni nadie me instigó a ello. Si creen que debo pagar por lo que hice afrontaré su decisión.

Supongo que Peter habrá sabido lo de mi nota por la Policía de Nueva York y estará preocupado por si se me ocurre contar que él me ayudó.

Bueno, ahora en cuanto hable con él le tranquilizaré. A él no debe pasarle nada. Él no hizo nada malo.

—Hola, David. ¿Cómo está usted? —me pregunta Peter con cara de preocupación.

—Tranquilo. No he dicho nada sobre usted a nadie ni lo voy a hacer ahora —le contesto para tranquilizarle.

—Usted no lo entiende, David. No es lo que parece.

—Descuide. Ya sé lo que le preocupa, pero le digo que no he dicho nada de nuestra relación. Nadie sabe que le conozco. Será mejor que no me siga al hotel. No quiero que le vean conmigo.

—No, escúcheme. Sé lo de su nota. Esta mañana a primera hora desde su hotel llamaron a la comisaría de Times Square para que pasara alguien a recogerla, ya que parecía algo importante. Por suerte yo estaba en esa comisaría esta mañana y yo respondí a esa llamada, así que, cuando llegué al hotel y vi de quién era esa confesión, lo entendí todo.

—No hay nada que entender —le interrumpí—. He comprendido que me iba a resultar muy difícil vivir a partir de ahora con este secreto en mi cabeza y he decidido afrontar las consecuencias de mis actos. Eso es todo.

—No, eso no es todo. Usted no lo entiende.

—¿Qué es lo que no entiendo, Peter?

—¿No recuerda nuestro encuentro de ayer por la mañana? —me pregunta extrañado.

—¿Qué encuentro de ayer por la mañana? Si no recuerdo mal, la última vez que nos vimos fue en el aeropuerto de Los Ángeles el año pasado. Desde entonces no nos hemos vuelto a ver hasta hace unos minutos.

Al comentarle esto, Peter pone cara de estar extrañado, como si no supiera de qué le estoy hablando.

—No sé a qué se refiere. Escúcheme con atención. Ayer por la mañana yo estaba corriendo por Central Park, como suelo hacer habitualmente. Usted estaba haciendo un último entrenamiento suave para estar listo para la carrera de hoy y casualmente nos pusimos a hablar mientras corríamos.

—Yo no recuerdo haberle visto ayer, ni recuerdo haber estado corriendo por Central Park.

–Sí, y eso es lo que me preocupa, que no se acuerde de nada de eso. Mire, ayer mientras íbamos charlando tranquilamente, en una bajada usted tropezó por esquivar a un ciclista que casi nos atropella y se cayó al suelo. Se golpeó en la cabeza y perdió el conocimiento durante unos instantes. Yo estaba ya a punto de llamar a una ambulancia cuando usted se despertó y aparentemente estaba bien. No le dolía nada y no tenía ninguna herida y parecía que era consciente de todo lo que había pasado.

–No es posible –digo extrañado–. Yo no corrí ayer con usted, y mucho menos me caí o me di un golpe en la cabeza.

–Tranquilícese y déjeme ayudarle. Mire, tóquese en la cabeza. Seguro que nota algo.

Y al tocarme en la cabeza, justo encima de la frente descubro un pequeño bulto que no recordaba haber tenido antes. ¿Será posible que Peter tenga razón?

–Vaya, pues sí que parece que me he dado un golpe. De todas formas le repito que yo en mi nota no he hablado nada de usted.

–Ya, ya lo sé, he leído su confesión. Pero ayer, después de su caída, le acompañé hasta su hotel por si acaso le pasaba algo. Le dejé en la puerta del Milford Plaza, en la 8ª, y me marché sin más. Todo parecía ir bien, tal y como habíamos hablado antes de lo del golpe. Por eso esta mañana, al recibir la llamada de ese hotel y al ver lo de su nota, enseguida he pensado que algo no marchaba bien.

–He comprobado su número de dorsal –prosigue Peter– y he estado siguiendo sus pasos por los puntos intermedios por Internet. Por eso sabía más o menos a qué hora iba a terminar la carrera y he creído conveniente esperarle tras la meta para acompañarle al hotel y explicarle la situación.

Peter me mira a los ojos tratando de comprender mis sentimientos.

–Será mejor que se siente –me dice mientras me ayuda a sentarme en un banco–. Tengo algo que decirle.

Me siento con dificultad y Peter se sienta a mi lado. Luego vuelve a hablarme, esta vez con una voz más suave para tranquilizarme.

–David –me dice con voz solemne–, usted nunca disparó contra el alcalde Bloomberg. Usted vino el año pasado a correr el maratón, que se canceló por la tormenta Sandy, y regresó a su casa. Es verdad que usted volvió más tarde a los EE.UU., pero no para matar al alcalde, sino por otros motivos.

Yo estoy confuso. Para mí está claro como el agua que yo había vuelto a Nueva York el año pasado para matarte y que además me había cargado a esos despreciables individuos. Todos esos momentos son tan reales, tan vívidos que no puede ser que los recuerdos de mis propios actos no sean ciertos.

Peter retoma el relato.

–Cuando ayer estuvimos hablando mientras corríamos en Central Park, todo marchaba bien, como era de esperar. Me explicó cómo había logrado mantener viva la ilusión un año más y que estaba muy feliz de estar aquí de nuevo. No parecía haber ningún problema hasta que tuvo el accidente y le acompañé al hotel. Pero, por lo que se ve, durante esta noche su cabeza ha creado unos recuerdos nuevos de algo que nunca pasó en realidad. Por eso debe acompañarme al hotel. Hay un médico esperando para llevarle a un hospital en cuanto se duche y se cambie de ropa.

»Todo ha sido un sueño, David. Todo salvo el hecho de que usted ha corrido por fin el maratón que tanto deseaba. No debe preocuparse por nada. Seguro que lo del golpe en la cabeza no es nada serio, pero hay que llevarle al hospital para comprobarlo.

Me levanto y sigo caminando con mi medalla al cuello

junto a Peter en dirección al Milford Plaza. ¿Será verdad todo esto que me está contando? Estoy algo confuso. ¿Es cierto lo del golpe en la cabeza? No sé qué pensar. Camino ahora casi mecánicamente. Incluso se me ha olvidado la euforia de haber acabado el maratón con el que tanto he soñado.

Soñar. Ya no estoy seguro de qué es lo que he soñado y qué es lo que he vivido. Cualquier persona tiene vagos recuerdos de su vida, de sitios que visitó, de cosas que hizo, de gente que conoció, que según pasan los años ya no está seguro de que realmente fueran así o si ha ido mezclando vivencias con recuerdos y con sueños de esas vivencias. Pero eso no es normal que ocurra de la noche a la mañana. Para mí todo lo que he contado en la nota que he escrito a la Policía es tan real como esta medalla que tengo colgada del cuello.

¿Puede ser posible que lo haya soñado todo? No lo sé. Ya no estoy seguro de nada. Tal vez siga dormido ahora y esté tan solo soñando en un sueño que me libere del castigo que me espera por haberte matado, alcalde M.B., y me temo que no tengo forma de saberlo. Tal vez mi subconsciente esté luchando entre huir victorioso tras haberme vengado de ti y de haber regresado impune a correr la carrera que nos robaste o el confesar lo que hice. Tal vez no ha sido un sueño, sino que he estado viviendo en otro mundo paralelo, algo así como en la novela 1Q84 del maratoniano Murakami, novela que casualmente había leído poco antes de venir a correr el maratón. ¿Quién sabe? En Kim y en Flagstaff vi dos lunas y oí voces del más allá. O eso al menos es lo que recuerdo.

Yo, hasta el año pasado, hasta que decidí matarte, era una persona normal, alguien del que se espera que no coja una pistola y empiece a impartir justicia por ahí. Pero luego te maté. Y no solo te maté, sino que consideré una buena idea matar también a otras personas. ¿Es normal ese cambio en mí? ¿No es más lógico que lo que me acaba de contar Peter sea en realidad lo que ha pasado? Sí, debe de serlo. Yo no soy un asesino y por eso, a pesar de que en el sueño de esta noche he matado a gente y he disfrutado de ello, mi mente me ha obligado a confesarlo todo, pues ni siquiera en un sueño mi ser puede aceptar un comportamiento así.

Y sin embargo, cuando pienso en los tipos que he matado en este sueño, cuando pienso en el tiro que te metí, o soñé que te metí, en Central Park, en el violador de Hamel colgando del techo, en el fanático de Kim enterrado en su propio almacén, o en el viejo de Flagstaff al que no maté pero hice que pagara su castigo, me queda la extraña sensación de que he disfrutado haciéndolo, que en el fondo no hay más que un pequeño paso para que alguien normal, como yo, se convierta en una persona capaz de matar a otra, capaz de tomarse la justicia por su mano y de pensar que ha hecho lo correcto. Y tengo miedo de que toda mi vida cambie a partir de ahora. Mis valores, mis convicciones, mi moral, todo ha quedado cuestionado y, al pensar que he podido cambiar tanto, me entra un miedo atroz.

—Bien, David —interrumpe Peter mis pensamientos—. Ya casi estamos en su hotel. Le acompañaré hasta su habitación para que se duche y enseguida iremos con el médico al hospital. No se preocupe, seguro que no tiene nada grave. Esté tranquilo. Todo ha terminado.

Sí, pienso. Todo ha terminado, aunque me queda la sensación de que esto no ha hecho sino comenzar. Y eso es lo que me preocupa.

—¿Y Corina? —le pregunto de repente al acordarme de ella—. Entonces, ¿nunca existió Corina?

—¿Corina? ¿Quién es Corina?

—Una chica rubia, una corredora de Washington. Su recuerdo me parece tan real…

—¡Ah, la chica de Washington! —me dice Peter tocándose la frente como si hubiera recordado algo de golpe.

—¿Existe de verdad? ¿La conoce usted?

—Ayer en Central Park, un poco antes de juntarnos y de comenzar a charlar mientras corríamos, estaba usted junto a una fuente, cerca del Tavern on the Green, en la zona de la meta, charlando con una joven. Debe de ser ella de quien me habla. No me dijo usted su nombre.

—Tiene que ser ella —digo excitado—. Seguro que es ella. ¿No puede hacer algo para encontrarla?

—Bueno. Haré un par de llamadas mientras se ducha. A ver si tenemos suerte.

Tras entrar en el hotel, Peter me acompaña hasta mi habitación. Me ducho y al salir, mientras recojo mis cosas para ir al Hospital, me cuenta lo que ha averiguado.

—Puede que haya habido suerte —me dice—. He llamado a la organización del maratón y hay un par de corredoras de Washington DC que se llaman Corina y que, por la edad, podrían ser la chica con la que estuvimos. Me han dado sus teléfonos. Puede que alguna de las dos sea su chica misteriosa.

Peter llama a la primera de ellas, pero resulta que no había estado en Central Park el día antes. Luego llama a la segunda Corina y le dice que sí que había estado allí corriendo y había estado hablando con varios corredores cerca de la meta. Está alojada en un hotel cercano al mío y quedamos con ella para vernos más tarde, después de volver del hospital, ya que Peter me insiste en que debo acudir.

En el hospital, por suerte, el examen médico no me encuentra ninguna lesión y me dan el alta.

Al rato estamos en el Broadway Lounge del hotel

Marriot Marquis, en Times Square. Peter pide algo para beber y, cuando estamos sentándonos en una mesa con vistas a la calle, aparece Corina.

Antes de decir nada sé que es ella. Es tal y como la recuerdo, o como la he soñado. Al darnos un par de besos de saludo nos miramos y ambos percibimos el mismo estremecimiento, como si fuera ayer cuando hicimos el amor en Washington.

Sí, ahora sé que todo ha terminado y que todo acaba de comenzar de nuevo.

Peter se levanta de la mesa y se despide de nosotros. Entiende que su presencia ya no es necesaria, lo que es de agradecer. Pero, cuando ya se da la vuelta para marchar, recuerdo algo que debo preguntarle.

—Oiga, Peter —le digo.

Él se gira hacia mí.

—Dígame, David. ¿Necesita alguna otra cosa?

—No, solo es una pregunta —le miro a la cara un momento, ya que no sé muy bien cómo decírselo—. Solo una última pregunta. ¿Ha conocido alguna vez a un indio en Utah?

—Sí, tuve allí a un buen amigo. Se llamaba Harry. ¿Por qué me lo pregunta? Lo sabe usted muy bien. No le puedo engañar más.

Le miro confundido.

—Entonces, el sueño, la nota…

Peter me mira a los ojos. Parece dudar en contestarme, pero finalmente respira hondo, suspira y empieza a hablar de forma pausada.

—Mire, David. Hemos tenido mucha suerte usted y yo después de todo. Cuando han llamado de su hotel a la comisaría de Times Square para avisar de la nota que usted había dejado esta mañana, yo he cogido el teléfono. Podía haberlo cogido cualquier otro agente, pero lo he cogido yo.

Y creo que ha sido una señal el que yo haya contestado a esa llamada.

»Es verdad que usted se cayó ayer mientras corríamos en Central Park. Nos habíamos reunido allí porque yo se lo había propuesto para no dejar cabos sueltos. Luego, como le he explicado, le acompañé al hotel y parecía que todo iba bien.

»Pero esta mañana, cuando he respondido al teléfono en la comisaría y he ido al hotel a recoger su nota, he pensado en usted. Y luego, al llegar allí y leer su confesión, he comprendido todo. Ayer admitió que tenía remordimientos por lo que ocurrió el año pasado y que no dejaba de pensar que debía contarlo todo para poder dormir tranquilo. Pero luego, después de que habláramos sobre el asunto, parecía que todo estaba bien, que le había convencido para dejar las cosas como estaban, que no diríamos nunca nada a nadie. Lo hecho hecho está, como se suele decir.

»Pero al leer la nota me he dado cuenta de que esta noche ha cambiado de opinión, seguramente debido al golpe, pues estoy convencido de que ese golpe que tuvo ayer le ha influido para que confesara. Y me he dado cuenta de algo que ya sabía: de que usted es una buena persona, pues no dice nada de mí en la nota. Así que, simplemente, he destruido su confesión y no se lo he contado a nadie, para dejar las cosas como estaban. Y al ver que ese golpe le ha afectado más de lo que pensábamos ayer, he creído que lo mejor era hacerle pensar que su mente había creado todo en un sueño tras el golpe, pues no creo que deba pagar usted por lo que hicimos, y tampoco quiero pagar yo por ayudarle.

»Sí, creo que lo mejor es que todo se quede así. Usted es libre, ayer se reencontró con Corina. Ella no sabe nada, usted mismo me lo dijo ayer cuando nos reunimos en Central Park. Así que aproveche esta oportunidad de continuar su vida junto a ella. Piense que lo que le he dicho es cierto. Piense que usted se dio un golpe y ha soñado todo esta noche. Piense que nada pasó realmente, piense que son solo recuerdos de algo que no vivió de verdad.

»Regrese a la mesa, vuelva con Corina, ella le está esperando. Disfrute de toda la vida que tienen por delante. Nadie sabrá nunca la verdad, solo usted y yo. Y es mejor así. Todo fue un sueño. Un extraño sueño. Ella nunca lo sabrá. Nadie lo sabrá.

Y Peter se da la vuelta y se dirige a la salida del bar. Yo me quedo mirándole cómo se aleja, cómo se desvanece entre la gente como las volutas del humo de un cigarrillo en el aire y le dejo marchar, le dejo salir de mi vida para siempre.

Y al girarme miro a Corina que me sonríe desde la mesa. Ella me espera. La vida me espera.

42,2, Muerte en Central Park

www.ingramcontent.com/pod-product-compliance
Lightning Source LLC
Chambersburg PA
CBHW070918180626
46817CB00003B/1115